U0115276

文學研究叢書・現代詩學叢刊

物質新詩學

——新詩學三重奏之二

The New Poetics of Substance

蕭蕭　著

〔新詩學三重奏〕總序

萬卷樓版〔新詩學三重奏〕，實際上包含了《空間新詩學》、《物質新詩學》、《心靈新詩學》三書。三重奏，通常指使用三種不同樂器如大、中、小三種提琴，或樂器與人聲如男女高音、中音、低音的搭配演奏與演唱的團體或曲目。此處借用三重奏這個術語，討論新詩中空間的書寫、物質的選擇，心靈的探索等題材論、內容論，顯示大面向相同而趨勢有異的詩學研究。另一方面，以〔新詩學三重奏〕為名，其實也是為了與爾雅版《臺灣新詩美學》(2004)、《現代新詩美學》(2007)、《後現代新詩美學》(2012) 合稱的〔新詩美學三部曲〕有所呼應。

爾雅版《臺灣新詩美學》、《現代新詩美學》、《後現代新詩美學》的〔新詩美學三部曲〕，在八年間，協助我從講師升等為助理教授、副教授、教授，在論文寫作上有著深厚的革命情感。在明道大學專任的這十四年，除了按部就班的這三本著作外，我還寫了不少論文，如今彙集成書，發現幾乎都聚焦在「境」、「物」、「心」三類元素的追索上，以三重奏為名，其實也有符應〔三部曲〕的頻率。

〔新詩學三重奏〕與〔新詩美學三部曲〕合而觀之，都是我在明道十四年的學術研究成果，維繫著汗血般的情義，特別假借七十虛度的名義，付梓問世，一方面感謝明道大學提供我研究、教學、服務、輔導的平臺，更感謝近三年協助我建設人文學院的十二位顧問，他們的捐資義舉，護持善行，銘感五內：李阿利（中美兄弟製藥公司人事經理、大愛電視臺〔茶的幸福告白〕主持人）、李清冠（衛生福利部健康照護司技正）、呂培川（員林高中、臺中女中校長）、蔡榮捷（社頭朝興國小校長退休、體育博士）、龔華（詩人、作家）、張譽耀（唯心聖教桃園道場住持）、楊朝麟（立善關懷基金會執行長）、杜文賢（新加坡詩人）、林永晟（臺中市偉聯報關公司總經理）、謝建東（漳州長泰龍人古琴村創始人、村長）、張錦冰（漳州長泰龍人古琴村副村長）、曾勝雄（臺灣農業改良場研究員）。同時，我也藉著這次出版，反思自己的學行缺憾，尋找「才開始」的奮起點、更廣遠的挺進空間。

〔新詩學三重奏〕的英譯，沒有採用習用的 Trio，而以 3S 代替，定名為：〔The New Poetics of 3S〕，蓋因空間為 Space，物質是 Substance，心靈可以使用 Spirit，巧合的三個詞彙都以 S 為首，以 3S 為名，說不定可以留下討論的空間。詩學的研究不外乎時與空的選擇及其顯示的意義，時間的討論已多，本書首重空間的觀察，或許可以找出詩人應用空間時自覺或不自覺的潛意識傾向，有助於詩歌內涵的理解。詩作書寫內容可以約簡為心與物的接合、感通、交流、晤談、激盪、糾葛、融會、內化……，因此再追索物質的最基本存在，金木水火土的元素所可能造就的繁複情意，更深入追索心靈的神秘性，那又是一個更廣闊的世界，可能及於浩瀚、無極，但卻樂趣橫生，因此以《空間新詩學》、《物質新詩學》、《心靈新詩學》為名，輕觸端倪，企圖窺見繽紛，首途出發，沿路奇觀疊現，相信新詩發展百年，會有更多繼起之秀，秀出極光瑰麗。

二〇一七年三月寫於明道大學〔蕭蕭玄思道〕旁

目次

第一章
緒論：
以物質為基礎的詩學研究

詩學研究在「空間」呈現之後，我們的焦點當然放在這個空間內詩人安置了何物，這些物與物之間、語言與語言之間，可能起了何種變化，或者反過來說，這些物與物的衝擊，拓開了多大的空間，影響了多大的空間。此即物質的存在，其實也標示了空間的存在，是詩具體的存在。

所謂「物」，是指存在於天地間可見可觸、可嗅可聞、佔有空間的一切事物，「凡有貌像聲音者，皆物也。」（《列子・黃帝》）所謂「天生萬物」是也，如動物、植物、礦物、景物，甚至於人工製作的，如器物、食物、鍋物、建築物等等，可能也包括人在內的「人物」，譬如說「人為萬物之靈」，人就在萬物之中，所謂「萬物」，含括了人，只是人比其他生物更為靈妙罷了！「方以類聚，物以群分。」這是《易經・繫辭》的話，因為互文的關係，一般人也引述為「物以類聚」，足見「物」是可以細分的，應該細分的，而且必須加以梳理。

只是，有時「物」與「人」對舉，例如「物是人非」，這時所指的「物」顯然排除了「人」；但「凡音之起，由人心生也；人心之動，物使之然也。」（《史記・樂書》）這時所指的「物」，卻有可能包含了「物」、「人」、「事」三者，「物」、「人」、「事」三者都能使人心為之一動。有時縮小範圍，「物」與「我」對舉，如范仲淹：「不以物喜，不以己悲」(〈岳陽樓記〉)，這裡的物是指我以外的任何人、事、物，物字所含括的，顯然是無窮盡的世界，無量數的眾生萬物；又如莊子所說：「天地與我並生，萬物與我為一」(《莊子・齊物論》)，這種「物我同一」、「物我兩忘」的觀念，也是從物我兩分走到兩忘而同一。奇特的是，有時「物」又專指著「人」，《世說新語・言語篇》曾記載羊秉曾擔任簡文帝（時任撫軍將軍）的參軍，甚有名望，可惜早逝，他的侄兒羊權任黃門侍郎時，有一次陪侍簡文帝，簡文帝說：「夏侯湛曾寫過〈羊秉敘〉，十分頌讚他的為人，讓人懷想。」接著問的是「是卿何物？有後不？」「何物」絕對是「何人」、「是你什麼人？」此外，中唐柳宗元詩〈衡陽與夢得分路贈別〉的悲慘語「直以慵疏招物議，休將文字占時名。」「物議」當然是「人議」，慵懶疏漏，招人非議。

物，指實物，實實在在的存有，如物各有主、物歸原主、物換星移、物競天擇、物以類聚、物傷其類、龐然大物、潤物無聲都是；也指抽象的東西，如言之有物、物極必反、待人接物、飄然物外都是。根據這些分析，「物」之所指就是萬事、萬物、萬象、眾生。但在本書，我們希望將「物」推極到「物質」：物的最基本的組成元素，不依賴人的主觀意識而存在的客觀實存，如中國傳統的「五行」：金、木、水、火、土，或者西方哲學、佛教所謂的「地、水、火、風」。希望是本體的研究，不止於物象的觀察。

《物質新詩學》討論「水」與「火」的篇章最多，而且以前行代重要詩人周夢蝶、鄭愁予發其端緒。

周夢蝶二十世紀的詩作深受佛理、禪趣的影響，已經成為大家共同的認知，或許也成為一種標籤，但新世紀之後，他從矜持的哲學中解脫而出，放鬆心思、放鬆自己，因而也放鬆語言，新世紀的三冊詩集：《十三朵白菊花》（洪範，2002）、《約會》（九歌，2002）、《有一種鳥或人》（印刻，2009），全然呈現一種率真之真、從容之美，另有一種塵俗之樂、會心之喜。周夢蝶這一生的詩思歷程，頗似老子美學，從《老子》第一章「道可道，非常道」的天道玄思中，逐漸回歸為第八十、八十一章人間的「安居樂俗」、「聖人不積」的哲思歷程。所以，特別選取周夢蝶最後的詩集《有一種鳥或人》所透露的水訊息，糅合詩與《老子》來論述道家美學，以水的三態呈現：以渾為意念之起的道家美學（過去式），以水為意象之棲的道家美學（現在式），以游為意境之極的道家美學（未來式）。

至於鄭愁予，也以相同的方式來探討，選取一般評論家比較少鑑賞的詩集《和平的衣缽：百年詩歌萬載承平》（周大觀文教基金會，2011）作為考察對象。這部詩集夾雜著許多性靈觀、水文明觀，從「衣缽」傳承的熱切起錨出航，結束於「和平」的水性柔情，是鄭愁予內在生命的自我省視，是生命本質中「性靈之水」與「熱血之火」的相互濟助，值得多方觀察。鄭愁予在這部重新包裝過的詩集中，宣示自己對詩與古文明的觀察，鄭愁予認為「詩是水質的」，他也認為詩的衍生是得自對宇宙間「聲響的感應，光照的接引」，析分為二路，詩的「聲響的感應」來自於「水」，不論豪雨、潮汐、江河的激湧和流洩，都是「水」的變貌或分身；至乎詩的「光照的接引」，諸如日月、火焰、陽光、燃火等等，莫不是「火」的代稱或化身。詩，「水」給予聲響、節奏、律動，「火」則給予形體、意象和光耀。所以在論述鄭愁予的水性思維時，可以憑藉他的思考脈絡去發展，論述周夢蝶則憑空而發揮，兩篇論述各有不同，卻有不同的樂趣，一如水與火的外型從未定於一尊。

海，是水最大的容器，是水最大的自身，在物質詩學的寫作與思考中，在海島國家的場域裡，我們以綜合論述的方式，觀察出詩人努力的幾個成果：一是以海為感性抒發之對象，二是以海為美感經驗之寄託，三是以海為理性思維之客體，四是以海為生活經驗之拓本，五是以海為宇宙生命之投影。〈唯一的裹覆：臺灣海洋詩研究〉可以視為大面積的「水」的觀察與省思。

周夢蝶、鄭愁予之後，本書選擇中生代詩人為論理發皇的依據，首先觀察的對象是白靈，白靈《五行詩及其手稿》（2010）的出版方式是將自己寫作、思考的歷程，以原稿的方式直接裎露，塗塗改改的痕跡不加遮掩，他的用意不在方便讀者欣賞自己詩作而開拓多元途徑，卻是在刺激讀者藉詩人的塗改痕跡，尋思詩人當初更易的軌轍，以鍛鍊讀者自我的想像力。這種不惜自暴其短的分享態度，不惜犧牲小我的教育精神，正是火象性格的徵狀，因此，以這冊詩集作為注視的對象，加以論述。白靈的詩的教學工程，往往是從「怎樣寫一句好詩？怎樣寫一堆好的詩句？怎樣找到一些美妙的想法？」作為開始，以金木水火土的五行特徵來看，木有根、莖、葉、花、果的實質結構，水有上、中、下游的階段，溪、河、江、海的水域區分，金有色度、密度、硬度、韌度的衡量，地有地質、疆域的區隔，唯火不作這種細節分辨，火焰美妙，不設常規，就新詩方法論的教學而言，白靈也閃現這種火質的性格。

《尚書・洪範》的「九疇」之說，提到五行，說「五行：一曰水，二曰火，三曰木，四曰金，五曰土。水曰潤下，火曰炎上，木曰曲直，金曰從革，土爰稼穡。潤下作鹹，炎上作苦，曲直作酸，從革作辛，稼穡作甘。」因此，以〈炎上作苦：論白靈詩與火的屬性〉為題，討論白靈的詩與火的這幾個屬性：爐火遐想是白靈詩心的最初依託，燭焰閃爍是白靈詩緒的躁動不安，炎上作苦是白靈詩魂的根柢精神，昇華純潔是白靈詩神的清淨功德，並以加斯東・巴舍拉（Gaston Bachelard）的話「火苗照亮了遐想者的孤獨，照亮了思想者的前額。」作為遐想者白靈、思想者白靈的火的亮光。

火與水，或不容，或相濟，其實就是難以兩分的元素，因此，在探究詩人的元素歸屬時，往往發現每個詩人或多或少都兼具不同的物質屬性，特別是水與火這兩個密切相關的元素。如《易經》的第六十三卦是「下卦為離（火），上卦為坎（水）」的「既濟」卦，顯示的是水在火上，可以烹煮食物，其勢易成，「既濟，亨小，利貞，初吉終亂。」意即事物發展到最正確、最完善的地步，可進步的空間顯然就縮小，而且可能潛藏著危機，如果行事貞正就有利，否則初吉終亂的現象就會出現。緊接著的第六十四卦是「下卦為坎（水），上卦為離（火）」的「未濟」卦，顯示的是火在水上，火往上揚，水往下流，炊煮不成，兩相無濟，所以說「未濟，亨，小狐汔濟，濡其尾，无攸利。」與「既濟」卦的「亨小」相比，此卦為「亨」，顯然是因為「事未成」而潛藏著從谷底到山巔的發展空間，但特別要注意的其實還是小節，就像一隻小狐快要渡過河，但尾巴下垂，被水濡濕，結果無所獲利。「既濟」卦與「未濟」卦，正反相對，可以相互參酌。將這樣的觀念去觀察抒情的鄭愁予詩作，其實可以發現鄭愁予有著抒情、感性而浪漫的水質特徵，所謂情意、游世、氣韻、秀美、情感走向、仁字等，都屬於這種水質特徵的發揮；相反的，詩中的器識、知性、胸襟，所謂情義、濟世、意識傾向、氣象、俠字等，就屬於火性特徵的燦亮輝芒，水與火的特質，各有不同的屬性與成就。

這種水與火兼具的特質，中生代詩人的杜十三也有相當精彩的成品，杜十三與白靈年紀相近，同樣是化學、化工背景，具有繪畫長才，曾經一起策畫詩的跨界演出，聲光影劇的綜合型藝術，因此選擇他的〈愛情的嘆息〉作為觀察對象，探討水的鼓盪與火的幻化所對應的詩意，潤下是水最主要的深情表現，以此進入深情詩人杜十三的詩作，去看鼓盪的水與火的屬性，進入幻化的水與火的想像，如〈妳〉這樣的女性意象，四組十六句排比句中，火意象就有「一輪彩虹、一幕晚霞、一團火焰、一隻鳳凰、一片月光、一朵帶血的玫瑰」六句，水意象也有「一陣夜雨、一朵流雲、一條河流」三句。前輩詩人羅門曾說：杜十三的詩是杜十三生命在燃燒中的聲音與語言。就因為生命與情愛的無限與無常，所以杜十三可以肆意發揮他的藝術天分，破除語言、意象原有的框架，一如水、火的擴張屬性，傳達出情愛的無限與生命的無常。

這種水火同源的思考，如果展現在人類所發現、所釀製的食物中，「酒」大約是最適合的產品，酒「入了喉，化作一行驚人的火」，白靈的〈金門高粱〉早已這樣點化大家。因此，或許也可以將酒當作物質新詩學中放在既是水也是火的重疊觀察中。〈酒在現代詩中的文化意義〉就已展露這樣的趨勢。酒，在歷史傳承裡早已樹立屬於它自己的文化型模，文學、藝術、詩酒文化，幾乎無法兩離，有時內斂為酒禮規範的社會秩序，有時又輕狂成酒氣影響的民族性格，卻也無妨以逍遙作為酒後解脫的文化思維，甚至於以神韻作為酒意薰染的審美品味，這就是酒的文化底蘊。所以，鄭愁予曾在言談中說，喝酒的人「活了一世人，過了兩輩子」，應該就是：酒，讓臺灣詩人暢開詩的大胸懷；酒，為現代詩人盪起詩的新潮浪；酒，在臺灣新詩中豐富文化載體。酒，液態的火，值得持續觀察它的發酵產品。

相對於水火的閃爍、流淌，木與土則有穩實的、緩慢的質性。不過，東方的詩作以水、火為特性，短小而光燦者居多，以大篇幅的敘述，發展史詩式的震懾者，量少。因此，以木、土為其特質的詩人，此書論述二人，其一是以焦桐作品作為考量的準則，依次考量古典小詩中意象與敘事的辯證，現代小詩裡意象與敘事的再度辯證，這是因為木質性的詩人，詩的敘述性要多於抒情質能，因此在東方小詩的特質中思考木的成長的可能，因而帶進焦桐的木質性思考，進而論述焦桐的特質：敘事與抒情的衍生辯證，焦桐詩作內涵的探尋，一種木質的特質：潤澤他人與成長自我的發現。就五行與西方或佛教世界所謂四大元素「地水火風」相比，他們所缺少的就是「木」、就是生命與生命之間的「潤澤」，所以，木質性詩人的論述中，是以「潤澤」作為生命的最重要依存關係。

土質性詩人則選擇農民詩人的代表詹澈，因為「土」最具代表性的特質是博大能容，像大地一般無物不可收藏；「土」最具代表性的另一特質是「稼穡作甘」，能為大多數人著想，不能僅止於耕作土地的農民而已。在論述土質詩人時，也可能想到農民在烈陽下耕作，面目黧黑，所以想到兼愛的墨翟、貴虛的墨翟，以此豐富土質詩人的堅實內涵。

以物質為基礎的詩學研究就此展開，微觀處類近於奈米的辨識，宏觀處在宇宙深處翻尋。

第二章
道家美學：
周夢蝶《有一種鳥或人》透露的水訊息

摘要

周夢蝶新世紀詩作從矜持的哲學中解脫而出，放鬆心思、放鬆自己，因而也放鬆語言，自有一種率真之真、從容之美，另有一種塵俗之樂、會心之喜。一如老子美學從《老子》第一章「道可道，非常道」的天道玄思中，逐漸回歸為第八十、八十一章人間的「安居樂俗」、「聖人不積」的思路歷程。同時也展現出莊子喪我物化，可以泯絕彼此；排遣是非，可以彼我皆是的〈齊物論〉思想。是以周夢蝶詩中一再出現藍蝴蝶、紅蜻蜓、九宮鳥、雀、螢、蝸牛，或飛或走或匍匐，顯示生命各自的尊嚴，並無高下崇卑之分，就其經營生命而言，從天到人的思維，從分際、區隔到相互融攝的生命歷程，從異質、對比之美到共構、和諧之善，周夢蝶最新詩作《有一種鳥或人》所透露的水訊息，適足以見證道家美學的精髓，本文寫作將從儒家思維從人到天，道家之探索則由天而人，加以辨識，並以周詩印證；其次，以老莊思想作為主軸，以周詩及大自然作為體會之客體，如何由無境、造境而致化境，形塑道家美學，以見其與儒家、佛家相異之特質所在。

關鍵詞：水訊息、泯絕彼此、彼我皆是、周夢蝶、道家美學

第一節　前言：市井大隱．簷下詩僧

周夢蝶（周起述，1921 -2014），曾高居於現實與想像中孤冷的峰頂，因而拔起於臺灣現代詩壇之上，這時候的代表作品是《孤獨國》[1]與《還魂草》，[2]寫作與發表的時代大約是一九五三年至一九六五年，時先生正屬中壯之年，三十三至四十五歲的年紀，根據曾進豐（1962-）所編之《周夢蝶先生年表暨作品、研究資料索引》，[3]這段期間與佛學結緣，大約有兩處，一是一九五三年（三十三歲）五月二十日於《青年戰士報》所發表的第一首詩〈皈依〉，應用佛教專有名詞為題；一是一九五九年（三十九歲）四月一日在臺北市武昌街一段七號「明星」咖啡屋騎樓下有照開設書攤，專售現代文學、現代詩及「佛學」等書籍。雖然輕描淡寫只兩句話，但已可看出周夢蝶浸淫佛學之早、之專，但仍謙稱真正知道有佛法、有禪，是一九六六年（四十六歲）初讀南懷瑾（1918-2012）《禪海蠡測》[4]才算開始，這一年已是《還魂草》出版後第二年，此後更持續聽講、閱讀、圈點佛教重要經典《金剛經》、《大智度論》、《指月錄》及《高僧傳》等書。[5]

所有評論這兩部詩集的論文焦點，大約集中在悲苦、孤獨與禪學上：葉嘉瑩〈序周夢蝶先生的《還魂草》〉、周伯乃〈周夢蝶的禪境〉、翁文嫻〈看那手持五朵蓮花的男子——讀周夢蝶詩集《還魂草》〉、王保雲〈圓融智慧的行者——試談周夢蝶其人其詩〉、馮瑞龍

1 周夢蝶：《孤獨國》，臺北市：藍星詩社（藍星詩叢），1959。

2 周夢蝶：《還魂草》，臺北市：文星書店，1965；《還魂草》，臺北市：領導出版社，1977。

3 曾進豐編：《周夢蝶先生年表暨作品、研究資料索引》，臺北市：印刻文學生活雜誌出版有限公司，2009。

4 南懷瑾：《禪海蠡測》，臺北市：老古文化事業公司，1955。

5 曾進豐編：《周夢蝶先生年表暨作品、研究資料索引》，頁8-27。

〈周夢蝶作品中的「禪意」〉、余光中〈一塊彩石就能補天嗎？——周夢蝶詩境初窺〉、張俊山〈命運遭際與哲理禪思〉、曾進豐〈論周夢蝶詩的隱逸思想與孤獨情懷〉、洪淑苓〈橄欖色的孤獨——論周夢蝶《孤獨國》〉、林淑媛〈空花水月——論周夢蝶詩中的禪意〉、蕭蕭〈佛家美學特質與周夢蝶詩中的體悟〉、吳當〈感情與禪悟的海——讀《周夢蝶・世紀詩選》〉、落蒂〈孤峰頂上——從《世紀詩選》看周夢蝶的悲苦美學〉，[6]周夢蝶被塑造為「市井大隱・簷下詩僧」，[7]長久以來已成為大家共同認可的標籤。

《還魂草》出版後之三十七年，周夢蝶才在二〇〇二年一口氣推出兩部詩集《十三朵白菊花》[8]與《約會》，[9]此二書幾乎是為人而作、因人而書，周夢蝶彷彿從孤峰頂上走回溫熱的人世間，與世間人、世間事、世間情、世間物，頻繁約會，交感互動。李爽學（1956-）認為「物我或人我不分的現象，構成《約會》和《十三朵白菊花》最獨特的美學。」[10]奚密（1955-）則以為這兩冊詩集是「修溫柔法的蝴蝶」，說詩人深刻體會「情」是「溫馨的不自由」，他勇敢地承受，並喜悅地擁抱。[11]年輕詩人羅任玲（1963-）也強調：「『自然』不再是周

6　曾進豐編：《周夢蝶先生年表暨作品、研究資料索引》，頁74-76。

7　楊尚強：〈市井大隱・簷下詩僧〉，《民族晚報》，1963年1月11日），報導先生宛如苦修頭陀般的清苦生活，《周夢蝶先生年表暨作品、研究資料索引》，頁13-14。胡月花：〈市井大隱・簷下詩僧——周夢蝶的生命、思維以及創作歷程探討〉，《育達學報》第16期，2002年12月。

8　周夢蝶：《十三朵白菊花》，臺北市：洪範書店，2002。

9　周夢蝶：《約會》，臺北市：九歌出版社，2002。

10　李爽學：〈花與滿天——評周夢蝶詩集兩種〉，曾進豐編：《婆娑詩人周夢蝶》，臺北市：九歌出版社，2005，頁249。

11　奚密：〈修溫柔法的蝴蝶——讀周夢蝶新詩集《約會》和《十三朵白菊花》〉，曾進豐編：《婆娑詩人周夢蝶》，頁254。此文原載臺北：《藍星詩學》16期，2002耶誕號，頁136-140，引文見頁140。

夢蝶悲苦的代言人，而是『道』的化身，邁向溫暖、自由、美和愛的道路。」[12]顯然，二十世紀末所寫的這兩部詩集，跟二十世紀中期的《孤獨國》與《還魂草》有著重大的區隔。因此，如果依循著羅任玲所言：「自然」是「道」的化身，那麼，周夢蝶新世紀之後所寫的詩作《有一種鳥或人》，[13]或許在佛理、禪悟之外，世情、溫馨之後，另有道家訊息。本文寫作就從這樣的認知開始。

第二節　從天道玄思中回歸安居樂俗

長期研究宗教、哲學與文化的學者林安梧（1957-）曾為儒、釋、道三家做出言簡意賅的分隔，他說：儒家強調的是「敬而無妄」，重在「主體的自覺」；道家主張「靜為躁君」，重在「場域的自然生發」；佛家則是「淨而無染」，重在「真空妙有的自在」。[14]如果將林安梧的話濃縮為相對應的三個句子，可以是：

儒家：「敬而無妄」，重在「自覺」；

道家：「靜而無為」，重在「自然」；

佛家：「淨而無染」，重在「自在」。

三句話中有三個同音字（敬、靜、淨），可以將儒、釋、道三家的理念放在同等的位置上評比，當然在「敬」、「靜」、「淨」三個字的衡量中，我們發現道家的「靜」與佛家的「淨」可用互文的方式相親近，

---

12 羅任玲：〈自然中的二元對立與和諧——周夢蝶《十三朵白菊花》、《約會》析論〉，曾進豐編：《娑娑詩人周夢蝶》，頁281。

13 周夢蝶：《有一種鳥或人》（周夢蝶詩文集），臺北市：印刻文學生活雜誌出版有限公司，2009。依曾進豐所編《周夢蝶先生年表暨作品、研究資料索引》顯示書中作品全為民國九〇年代，二十一世紀之新作。

14 林安梧：〈序言〉，《新道家與治療學——老子的智慧》，臺北市：臺灣商務印書館，2010，頁16。

「自然」、「自在」合一的詩風格也更能描摹周夢蝶的內在蘊涵。

周夢蝶前期詩作深受佛理、禪趣之影響，素為詩壇所熟知，新世紀出版的三冊詩集（《十三朵白菊花》、《約會》、《有一種鳥或人》）則從孤峰頂上回歸人間，從矜持的哲思中解脫而出，放鬆心思，放鬆自己，因而也放鬆語言，自有一種率真之真、從容之美，另有一種塵俗之樂、會心之喜。可以呼應老子（李耳，老聃，生卒年不詳）美學，從「道可道，非常道」（《老子》第一章）的天道玄思中，最後回歸為人間的「安居樂俗」、「聖人不積」（《老子》第八十、八十一章）。同時也展現出莊子（莊周，西元前369-286年）「喪我」、「物化」，可以泯絕彼此；排遣是非，可以（魂交而為蝴蝶、形接又為莊周）彼我皆是的〈齊物論〉思想。所以在這三冊詩集中，一再出現藍蝴蝶、紅蜻蜓、九宮鳥、雀、螢、蝸牛這些小動物、小昆蟲，或飛或走或匍匐，顯示生命各自的尊嚴，卻無高下崇卑之分，就經營生命而言，周夢蝶從天道到人道的思維，從分際、區隔到相互融攝的生命歷程，從異質、對比之美到共構、和諧之善，值得換一個角度，從道家美學出發，凝視周夢蝶及其最新詩集《有一種鳥或人》。

周夢蝶與道家哲理的思考，早從十五歲即已開始，詩人十五歲時因為閱讀《今古奇觀》裡「莊子鼓盆成大道」的故事，使得從小在拘謹、保守環境中成長，外在形體又受到相當限制的他，心中興起飛向自由天地、自在心境的一份嚮往，巧妙結合自己的姓、性向、理想，因以「周夢蝶」三字為名。[15]

莊周夢為蝴蝶的故事來自於《莊子．齊物論》，學者認為這一篇不僅是《莊子》全書、而且是古代典籍中最難讀的一篇，[16]全文長篇

15 劉永毅：《周夢蝶——詩壇苦行僧》，臺北市：時報文化出版公司，1997，頁28。

16 吳怡：《新譯莊子內篇解義》，臺北市：三民書局，2001，頁62。本節有關喪我、物化的見解，參考此書〈齊物論第二〉，頁43-117。

大論，駁雜難懂，不甚可解，專家學者討論極夥，但一般讀者甚少審閱，惟文末的這一節卻又是老少咸宜，普羅大眾都喜歡討論的有趣寓言：

> 昔者莊周夢為胡蝶，栩栩然胡蝶也，自喻適志與，不知周也。俄然覺，則蘧蘧然周也。不知周之夢為胡蝶與，胡蝶之夢為周與？周與胡蝶，則必有分矣，此之謂物化。[17]

莊周當然就是莊子自己，但莊子不用第一人稱的吾或我，反而直指其名，把自己「客觀化」，把自己當作另一個「物」（人物也是物的一種）來看待，這也是另一種「物化」的形態。有趣的是，莊周可以夢見自己變作蝴蝶，蝴蝶也可以夢見自己化身為莊周，莊周與蝴蝶必然是有區隔的，形象與精神都不同，只是當自己是莊周時不知蝴蝶的本然（真我）為何，當自己是蝴蝶時也不能理解作為人的莊周的本然為何，必須了解或超越這種「物化」以後，才能了然物與物各有各的本然。什麼是「物化」？「物化」就是「與物無礙，相與而化」。[18]這「物化」的結論呼應著〈齊物論〉全文的旨意：萬物的形象、本然（真我），原來就不能齊同，不設定某一種標準去強分優劣、崇卑，尊重各自的微小差異，這就是莊子文章裡的「齊」物之論的可行之處。

在萬物不齊的情況下，如何「物化」？〈齊物論〉首節的「喪我」之說是最好的啟發，有著首尾呼應的功能。

> 南郭子綦隱几而坐，仰天而噓，荅焉似喪其耦。顏成子游立侍

---

17 吳怡：《新譯莊子內篇解義》，頁51-52。

18 吳怡：《新譯莊子內篇解義》，頁62。

> 乎前，曰：「何居乎？形固可使如槁木，而心固可使如死灰乎？今之隱几者，非昔之隱几者也？」
>
> 子綦曰：「偃，不亦善乎，而問之也！今者吾喪我，汝知之乎？汝聞人籟而未聞地籟，汝聞地籟而不聞天籟夫！」[19]

南郭子綦在几桌之後打坐，養天調息，全然放鬆，好像身體不存在一樣，他的學生顏成子游隨侍在旁，發現老師這一次的調息打坐跟以往不同，形體如槁木般不動，心念也能像死灰般靜止不動嗎？南郭子綦隨之以天籟之風為喻，說明天地之間風自由穿梭，經過不同的孔竅，自然發出各種不同的聲音，表達「吾喪我」這樣的理念，不要去記掛身體（自我）的存在，純任氣息（靈魂、真我、本性、自性）自在出入，這時身體寂然不動，心念雖然像死灰，卻有自己的節奏。「喪我」之說有如佛教的「破我執」，《金剛經》所云：「無我相、無人相、無眾生相、無壽者相。」四相真空了，或者「過去心不可得，現在心不可得，未來心不可得。」三心真了了，即能破除我執。所以，依〈齊物論〉之論，喪我為先，物化隨後，我與人、人與物，各自尊重，自性、人性、物性，本自相通。周夢蝶《有一種鳥或人》詩集中，極多這種詩作，主題詩作〈有一種鳥或人〉的題目即已隱含此意，或鳥或人，即心即理，周夢蝶一方面引述布穀鳥生蛋，不自孵育，而寄養於鄰巢；鄰巢之母鳥欣欣然夢夢然，亦不疑其非己出，代為孵育，隱喻現實生活中自己賃屋，友人只收微乎其微的租金。另一方面暗用《詩經・召南》：「維鵲有巢，維鳩居之」的典故，慘笑自己鳩佔鵲巢，有如人形之鳩：

---

19 吳怡：《新譯莊子內篇解義》，頁43。

有一種鳥或人
老愛把蛋下在別家的巢裏：
甚至一不做二不休，乾脆
把別家的巢
當作自己的。

而當第二天各大報以頭條
以特大字體在第一版堂皇發布之後
我們的上帝連眉頭一皺都不皺一皺
只管眼觀鼻鼻觀心打他的瞌睡——
想必也認為這是應該的了！[20]

此詩第一段嘲諷自己，不知是人，還是鳥，這是人與鳥之間的「物化」；第二段將我們對禪修、打坐「眼觀鼻鼻觀心心觀肚臍」的謔笑語，連接在「上帝」之下，似乎也可視之為基督與佛祖之間，或聖（基督、佛祖）與凡（謔笑語）之間，打破藩籬，相繫而相連且使之相通，另一種「與物無礙，相與而化」的道家美學。

再看《有一種鳥或人》第一首詩〈擬作〉，是讀金曉蕾．張香華（1939-）所譯《我沒有時間了——南斯拉夫當代詩選（1950-1990）》[21]所仿擬之作，之一為〈李白與狗——擬 Viasta Mldenvic〉，詩中將中國、唐朝、詩仙與現代、南斯拉夫、詩人，長安與塞爾維亞，人與狗，吠聲與詩歌，完全繫連，緊密如網，疏而不漏，舉其一節，以例其餘：

20 周夢蝶：〈有一種鳥或人〉，《有一種鳥或人》（周夢蝶詩文集），頁125-126。
21 覩山．弛引、張香華編，金曉蕾、張香華譯：《我沒有時間了——南斯拉夫當代詩選（1950-1990）》，臺北市：九歌出版社，1997。

> 李白呀！東方不老的詩仙呀／請語我：／長安有沒有狗／長安的狗是否和塞爾維亞一樣／看人低。且善吠：／吠聲之高高於／高於你的廣額劍眉與星眸，高於／你的將進酒與行路難，甚至／高於你的不協律與坎坷[22]

最後細看《有一種鳥或人》最後一首詩〈善哉十行〉，詩中有「你心裏有綠色／出門便是草」之句，作者引以為輯四之輯名，顯見周夢蝶對於此句甚為得意，讀此詩雖不能確知「出門便是草」的主詞是你還是我，但依莊子喪我、物化之大旨，是人亦是草，是你何妨也是我，如此相通相應之「物化」效應，將如詩中所言，只須於悄無人處呼名，只須於心頭一跳一熱，即得相見，而且即是相見：

> 人遠天涯遠？若欲相見／即得相見。善哉善哉你說／你心裏有綠色／出門便是草。乃至你說／若欲相見，更不勞流螢提燈引路／不須於蕉窗下久立／不須於前庭以玉釵敲砌竹……／若欲相見，只須於悄無人處呼名，乃至／只須於心頭一跳一熱，微微／微微微微一熱一跳一熱[23]

莊子〈齊物論〉長篇大論之喪我、物化美學觀，或許有賴於「莊周夢蝶」這一小節的美麗寓言而得以揭露於外，宣揚於心，周夢蝶《有一種鳥或人》的「安居樂俗」，或許也可以借用其他方式透露更多道家美學訊息。

---

22 周夢蝶：〈擬作〉之一，《有一種鳥或人》，頁21-23。

23 周夢蝶：〈善哉十行〉，《有一種鳥或人》，頁135-136。

第三節　以水為意象之棲的道家美學

牟宗三先生（1909-1995）解說道家對「自然」兩字的認知，是「一切自生、自在、自己如此，並無『生之』者，並無『使之如此』者。」就如〈齊物論〉中的「風」:「夫大塊噫氣，其名為風。是唯無作，作則萬竅怒呺。而獨不聞之翏翏乎？山陵之畏隹，大木百圍之竅穴，似鼻、似口、似耳、似枅、似圈、似臼、似洼者、似污者；激者、謞者、叱者、吸者、叫者、譹者、宎者、咬者，前者唱于而隨者唱喁。泠風則小和，飄風則大和，厲風濟則眾竅為虛。而獨不見之調調，之刁刁乎？」這時的地籟是眾竅穴發出的聲音，人籟是人以氣吹比竹（排簫）的聲音，但天籟呢？「吹萬不同，而使其自己也，咸其自取，怒者其誰邪？」[24]莊子所指出的，所謂天籟，是風吹萬種竅穴所發出的各種不同聲音，而使它們發出自己聲音的，是各個竅穴的自然形態所造成，「怒者其誰邪？」發動它們聲音的還有誰呢？換句話說，在風的背後並沒有「生之」者，並沒有「使之如此」者，並沒有「使之怒」者。這才是「自然」。這「自然」不是我們一般人所說的「大自然」：天地、山川、風雨、雷電、草木、蟲魚、鳥獸，因為「『自然』是一境界，由渾化一切依待對待而至者。此自然方是真正之自然，自己如此。絕對無待、圓滿具足、獨立而自化、逍遙而自在、是自然義。當體自足、如是如是，是自然義。」[25]這是莊子以風為喻的宇宙觀，是「自然」真正的內涵：自生、自在、自己如此的原本面貌，所以能得大自在。

莊子以風為喻，莊子之前的老子則選擇以水無喻。學者認為老莊

24 吳怡：《新譯莊子內篇解義》，頁43-44。

25 牟宗三：《才性與玄理》，臺北市：臺灣學生書局，1989，頁195。

之間的差異是老子選擇水的元素，莊子選擇風的元素來立論。[26]老子「上善若水」的言論，影響哲學、美學，也影響到政治學的思考。

> 上善若水。水善利萬物而不爭，處眾人之所惡，故幾於道。居善地，心善淵，與善仁，言善信，正善治，事善能，動善時。夫唯不爭，故無尤。[27]

根據吳怡（1939-）對「上善若水」的理解，水可以上天而為雨露，調解生態；水可以入地而為水分，滋養植物；水可以進入動物體內，促進循環，這是水的第一個特性。水，最為柔軟，最富彈性，可以淺飲，可以灌溉，入方變方，入圓變圓，這不爭之德，是水的第二個特性。水，不嫌卑濕垢濁，向下流注，這是第三個特性。[28]

因此，從感性的文學想像來看：水，可以是小小水滴，也可以是汪洋大海，這其間的比例何其懸殊！水，可以是靜靜水流、潺湲小溪，也可以是滔滔江河、洶湧海洋，這其間的動靜，好像一部長篇小說也說不完似的。水，可以是輭動的液態，可以是堅冰的固態，還可能是水汽的氣態，還有什麼物質擁有這麼多的型態變化？從知性的道德修養來比擬，水可以隨著不同的容器而變化其形，可圓可方，可以是一泓池水、一面大海，也可以是一條溪流、江河，甚至於無所依傍時，從山頂縱落而下，碎散成萬千水花的瀑布！——但是，不論怎樣變遷，水的本質永遠是兩個氫一個氧（H_2O）。水，可以輕易地滲入

26 趙衛民：《莊子的風神：由蝴蝶之變到氣化》，臺北市：聯經出版事業公司，2010，頁189-209。

27 〔西周〕老子：《老子》第八章，吳怡：《新譯老子解義》，臺北市：三民書局，2002，頁45-46。

28 吳怡：《新譯老子解義》，頁46-54。

許多物體之中，又能從許多物體中全身而退，依然保持自我。水，可以將糖、鹽、香料溶解在它的身體之中，仍然可以將自己從糖水、鹽水、香水之中全身而退，不沾不染。[29]若是，水可以形成許多意象、意涵與意境，以水作為意象之棲的詩作，即目可得，極目之後可以更為通透。

以風與水為喻，老子和莊子所提倡的自然無為，所強調的創作自由，為後世文藝創作提供了崇尚自然、反對雕飾的審美尺度，所謂返樸才能歸真、雕飾反而失真，所謂清水出芙蓉、天然去雕飾等，皆可溯源到這種介乎有形與無形的以風與水為喻的意象。[30]

周夢蝶《有一種鳥或人》詩作中，直接以水為喻的，如〈果爾十四行〉裡的「水之積也不厚其負舟也無力」，[31]明引〈逍遙遊〉文句入詩，與「風之積也不厚，則其負大翼也無力」相呼應，莊子在〈逍遙遊〉中以鯤鵬之大暗喻宇宙之大、知之無涯，周夢蝶則以風、水之積也厚，作為襯托，告訴我們「哲人治國」可以期待（因為有腐草的地方就會有螢火），但更需要的是大環境的配套措施與無盡的等待（腐草必須自吹自綠自成灰還照夜，才能成螢），以此呼應首二句，果能如是，此山此水此鷗鷺與羊牛就有福了！[32]

其次，〈四月──有人問起我的近況〉[33]也有兩句詩以水為喻。早年周夢蝶就常以月份為題寫詩，他說「孟夏的四月是我的季節」，在這首詩中，他提出四月一號、四號、八號、十三號，正是愚人節、兒童節、浴佛節、潑水節，注意最後兩個節日（浴佛節與潑水節）是與

29 蕭蕭：《老子的樂活哲學》，臺北市：圓神出版社，2006，頁94-96。

30 孔智光：《中西古典美學研究》，濟南市：山東大學出版社，2002，頁310。

31 周夢蝶：〈果爾十四行〉，《有一種鳥或人》，頁80。

32 周夢蝶：〈果爾十四行〉，《有一種鳥或人》，頁79-80。

33 周夢蝶：〈四月──有人問起我的近況〉，《有一種鳥或人》，頁66-67。

水相關的節慶，表達水兼具潔身與除穢的功能；愚人節、兒童節，則是自己心性的剖白，近乎愚直，常保童心。此詩最後一句「誰說人生長恨：水，但見其逝？」更是主題所在，「逝者如斯乎，不捨晝夜」(《論語・子罕》) 原為孔子在川上對時間消逝的感嘆，此處「但見其逝？」的問法，曲折而委婉地表現出：水不僅跟時間一樣不斷地消逝，也跟憾恨一樣長遠存在。

在〈潑墨——步南斯拉夫女作者 Simon Simonoivic 韻〉中，題目的潑墨，詩篇後段的江河、波高與後浪，實在都與水有所繫聯：

> 自來聖哲如江河不死不老不病不廢／伏羲，衛夫人，蘇髯，米顛／在如椽復如林的筆陣之外／一努五千卷書，一捺十萬里路／風騷啊！拭目再拭目：／一波比一波高！後浪與前朝前前朝[34]

伏羲，首畫八卦為文字之初稿；衛夫人（衛鑠，272-349），影響王羲之（303-361）的重要書法家；蘇髯（蘇軾，1037-1101）、米顛（米芾，1051-1107）的瀟灑字體，這些代表性的潑墨者留下書法碑帖或奇聞逸事，周夢蝶以「如江河不死不老不病不廢」來形容，所謂「不廢江河萬古流」是也，他所應用的就是水質意象。

整篇以水為喻的是〈情是何物？——莊子物語之一〉，這首詩探究的是普世的情愛，副標題標誌為「莊子物語之一」，顯見周夢蝶其實有著續寫莊子物語之二、之三的念頭，老莊思想內化在他的心中不時勃勃而跳，因而這首詩實際上也是鼓舞我撰述〈道家美學〉的潛在緣由之一。[35]

---

34 周夢蝶：〈潑墨——步南斯拉夫女作者Simon Simonoivic韻〉，《有一種鳥或人》，頁31-32。

35 周夢蝶：〈情是何物？——莊子物語之一〉，《有一種鳥或人》，頁116-117。除此詩

相忘好？抑或
相煦以沫，相濡以濕好？

泉涸。魚相與處於熱沙
且奮力各扇其尾
大張其口
仰天而喘

遠海有濤聲吞吐斷續如雷吼
貝殼的耳朵直直的，悠然
神往於某一女鬼哀怨之清吟：
我的來處無人知曉
我的去處萬有的歸宿
風吹海嘯，無人知曉[36]

此詩一開頭即化用《莊子・大宗師》的文句與涵義：「泉涸，魚相與處於陸，相呴以濕，相濡以沫，不如相忘於江湖。與其譽堯而非桀也，不如兩忘而化其道。」[37]「相濡以沫，不如相忘於江湖」，這句話是《莊子・大宗師》的要旨所在，「相濡以沫」明指困阨環境時的深情專注、無微不至的呵護，「相忘於江湖」則暗示適意情境下那種自得、忘情，有如在大江大海中的優游與自在。「不如」二字，其實已經在相濡與相忘，孰好孰差之間有所辨識。引申到政事上，譽堯而非

外，周夢蝶直接標示與《莊子》相關的詩題，還包括《還魂草》裡的〈濠上〉（印刻版，頁107-109）、〈逍遙遊〉（印刻版，頁155-157）。

36 周夢蝶：〈情是何物？──莊子物語之一〉，《有一種鳥或人》，頁116-117。

37 吳怡：《新譯老子解義》，頁209。

桀是儒家思想中的政治正確，但不如不譽也不非，可以兩忘而化合；引申到情事上，相濡不如相忘更能達成快樂，「女鬼哀怨之清吟」就是因為不能相忘，時時刻刻專注於相濡以沫的深情所造致。此詩以水為重要背景，煦、沫、濡、濕、涸、海、濤、貝殼、海嘯，是一長串的水質意象。莊子此文、周公此詩，最後攝入的問題都是生死大思辨。周詩中我的來處暗指「生」，萬有的歸宿暗指「死」，既然來處去處都是無人知曉，又何必在這兩極之間苦苦追索？周夢蝶的詩呼應著《莊子・大宗師》的文，借用水意象，從情的領會上，帶入生死學的體悟。

心理學家卡爾・古斯塔夫・榮格（Carl Gustav jung, 1875-1961）將水定為無意識的象徵：山谷中的湖就是無意識，它潛伏在意識之下，因而常常被稱作「下意識」……水是「谷之精靈」，水是「道」的飛龍……從心理學的角度來說，水變成為無意識的精神。[38]港澳學者鄭振偉（1963-）即借用榮格這種觀點：無意識既是一個水的世界，又是一個黑暗的世界，因而以古中國的水神、水官又名「玄冥」，而「玄」「冥」二字均意味著「幽暗」作為佐證。同時他又發現，水屬陰性，無意識是一個女權世界，而《老子》第六章也說：「谷神不死，是謂玄牝。玄牝之門，是為天地根。綿綿若存，用之不勤。」[39]水、谷神、陰性，自有其相應相合之處，因而確立《老子》一書選擇水作為道的重要意象的確證。[40]

古與今、東方與西方、學者與詩人，在以水為文化、文學之重要意涵或象徵上，竟可以如此不謀而合，相互印證。

---

38 〔瑞士〕卡爾・古斯塔夫・榮格（Carl Gustav jung）著，馮川、蘇克譯：〈集體無意識的原型〉，《心理學與文學》，北京市：生活・讀書・新知三聯書店，1987，頁68。
39 吳怡：《新譯老子解義》，頁36-37。
40 鄭振偉：《道家詩學》，南京市：江蘇人民出版社，2009，頁29-30。

第四節　以渾為意念之起的道家美學

「水」是水的現在式形象，水的過去式形象會是什麼樣的面貌？在道家美學中應該就是一個「渾」字。

老子的哲學自成體系，這個體系是由「道」字出發而形成老子的宇宙觀，進而發展出他的生命觀、生活觀，最後形成他的治世哲學、帝王哲學。因此，溯源探本，「道」字的追索是了解老子最直接、最基本的方法。「道」是什麼？《老子》書上有兩章對「道」的解析，頗為值得玩味。

> 道，沖而，用之或不盈。
> 淵兮，似萬物之宗。
> 湛兮，似或存。[41]

> 孔德之容，惟道是從。
> 道之為物，惟恍惟惚。
> 惚兮恍兮，其中有象；
> 恍兮惚兮，其中有物；
> 窈兮冥兮，其中有精；
> 其精甚真，其中有信。[42]

《老子》第四章用了三個水字邊的「沖」、「淵」、「湛」，「沖」然用來形容濃度極淡，淡到極點，所以才能久遠；「淵」然用來形容深度極深，深到極點，所以未可測知；「湛」然用來形容清澄明透的樣子，

---

41 〔西周〕老子：《老子》第四章，吳怡：《新譯老子解義》，頁23-24。

42 〔西周〕老子：《老子》第二十一章，吳怡：《新譯老子解義》，頁143-144。

清澄明透到極點，好像存在又好像不存在，所以無所不在。第二十一章則有恍兮惚兮、窈兮冥兮這種似無又有、似實還虛、若隱若顯的詞彙，但又很肯定地說：其中有象、有物、有精、有信，這就是老子心中的道，既能生成一切，又可統合一切，但不是一個具體可感的客觀存在。可以用老子自己的話來注解惚恍，《老子》第十四章：「視之不見，名曰夷；聽之不聞，名曰希；搏之不得，名曰微。此三者不可致詰，故混而為一。其上不皦，其下不昧，繩繩兮不可名，復歸於無物。是謂無狀之狀，無物之象，是謂惚恍。迎之不見其首，隨之不見其後。」[43]也可以用莊子的話來說明：「視乎冥冥，聽乎無聲。冥冥之中，獨見曉焉；無聲之中，獨聞和焉。故深之又深而能物焉，神之又神而能精焉。故其與萬物接也，至無而供其求，時騁而要其宿。」[44]這是視覺上昏昏冥冥，卻有著光明，聽覺上一無所聞，卻彷彿聽到了和音，無比深遠窈冥的所在，似乎有物存在，無比神妙的地方，似乎有著精光。當它與萬物有所接觸，至虛至無卻能滿足萬物的需求。這就是老子對「道」的體認，最重要的觀點是水字邊的「沖」、「淵」、「湛」三個字，以及恍惚窈冥，似有若無，充滿水氣的朦朧美，真要以一個字來形容老子道的場域、萬物的源頭，結合這些說解，那就是「渾沌」的「渾」吧！

以姜一涵（1926-）為代表所編著的《中國美學》，曾為中國美學確立一句基本肯定語：「美就是真實生命的自然流露」，並且認為儒家美學關懷的重心放在「真實生命」這一端，道家美學則放在「自然流露」那一頭。同時又將「自然流露」一語，釐析為「自然」與「流露」的另一級次的一體兩端，從「自然」這一端，探討的是道家對美

---

43 〔西周〕老子：《老子》第十四章，吳怡：《新譯老子解義》，頁90-91。

44 〔東周〕莊子：《莊子・天地》，黃錦鋐：《新譯莊子讀本》，臺北市：三民書局，2003，頁150。

的本質的看法，那就是「和諧」，客觀面顯現為生命的整體和諧狀態，即所謂「渾沌」；而「流露」那一端，探討道家對美的呈現的意見，主觀面顯現為虛靜靈活的心境，呈顯出「觀照」的功能。[45]所以，以上善之水作為道家美學的主要意象，「水」是水的現在式形象，上一節已經有所探索；「渾」是水的過去式形象，是道的源頭，所謂恍惚、窕冥，渾沌、和諧，其景其境，似乎也能逐漸清晰。

中生代研究道家美學的學者將「渾」區分為三層意義，選擇「渾然一體」、「反虛入渾」、「渾然天成」這三個現成的成語來說解，認為「渾」之三義都是對「道體」和「體道」狀況的描繪：「首先，它表現為互攝互入的混同的整體，亦即渾然一體。其次，這個整體是一種自我虛無化的大全，亦即反虛入渾。最後，這個渾同在虛無化中達到究極的真實，亦即渾然天成。」[46]細加分辨，「渾然一體」可以是道的源頭，萬物生成的地方。「反虛入渾」是「體道」狀況的描繪，所謂歸零、回到原點，屬於方法論、實踐的功夫。「渾然天成」則是悟道後的空明境界，呼應著最初的「渾然一體」，但「渾然一體」的時刻顯然還有個體的獨立感、分別性，「渾然天成」則已看不見隙縫，圓融無礙了。

不過，本文是以「水」是水的現在式形象，「渾」是水的過去式形象，而下一節的「游」則是水的未來式形象，以此三字作為道家美學的基本架構，所以，此處的「渾」應是「渾然一體」的「渾」，是「惚兮恍兮，其中有象」的最初的「道」的渾沌存在。周夢蝶最新詩集《有一種鳥或人》的書寫，有兩種制式的、周夢蝶常用的詞語，足可藉以探討「渾」的最初原貌。

---

45 姜一涵等：《中國美學》，臺北市：空中大學，1992，頁68。

46 賴賢宗：《意境美學與詮釋學》，北京市：北京大學出版社，2009，頁78。

一　不信、信否、誰能、誰說

> 櫻桃紅在這裡，不信／櫻桃之心早忐忑在無量劫前的夢裡？[47]
>
> 信否？匍匐之所在／自有婆娑的淚眼與開張的手臂／在等待。在呼喚[48]
>
> 不信先有李白而後有／黃河之水。不信／菊花只為淵明一人開？不信顏回未出生／已雙鬢皓兮若雪？
>
> 誰能使已成熟的稻穗不低垂？／誰能使海不揚波，鵲不踏枝？／誰能使鴨鵝八卦／而，啄木鳥求友的手／不打賈島月下的門？[49]
>
> 不信神聖竟與恐怖同軌；而／一切乍然，總胚胎於必然與當然？[50]
>
> 不信：無內與無外同大／而花落與花開同時；／而，後後浪與前前浪／流來流去，總是逝者？[51]
>
> 不信牆這真理，是顛撲不破／最後且唯一的？[52]
>
> 誰說雨不識字，／未解說法？[53]

不信，是作者下筆之前心中主觀的不信；「信否？」是疑問修辭裡的「激問」，答案應該也是「不信」；「誰能？」亦屬「激問」，答案當然是「誰也不能」。但在周夢蝶的詩中，卻讓人有將信將疑的不確定

---

47 周夢蝶：〈無題〉，《有一種鳥或人》，頁54。

48 周夢蝶：〈賦格——乙酉二月二十八日黃昏偶過臺北公園〉，《有一種鳥或人》，頁74。

49 周夢蝶：〈九行二首〉，《有一種鳥或人》，頁91-93。

50 周夢蝶：〈無題十二行〉，《有一種鳥或人》，頁94。

51 周夢蝶：〈靜夜聞落葉聲有所思十則——詠時間〉，《有一種鳥或人》，頁100。

52 周夢蝶：〈以刺蝟為師〉，《有一種鳥或人》，頁108。

53 周夢蝶：〈急雨即事〉，《有一種鳥或人》，頁111-112。

感，無法確認正解就在問號的反面。全詩都以這種手法完成的是〈九行二首〉，「不信先有李白而後有／黃河之水。不信／菊花只為淵明一人開？」這是值得辯證的問題，黃河之水當然先於李白而存在，但如果沒有李白的黃河之水天上來的詩句，誰又會去吟誦（或者說關心）黃河之水？菊花與陶淵明、月亮與李白的關係，不都值得如此三番兩次加以辯證思索？即使面對「誰能使已成熟的稻穗不低垂？／誰能使海不揚波，鵲不踏枝？」幾乎可以立即說「沒有」，但讀詩的人會遲疑、會猶豫，幾番這樣的辯證後，我們會思考「後後浪與前前浪流來流去總是逝者」嗎？這其中有沒有層次、時空、人物、宗派、種族種種的相異性必須加以顧慮。同是以「不信」為開頭的這兩句，李白句以句點結束，淵明句則以問號作結，顯示「信」與「不信」之間，有著相當多、相當大的可能──這就是「渾」的存在。

「渾」，水的前身，道的原貌，顯然不能以一種具體可感的客觀存在加以定型，不能形塑的「渾」，周夢蝶以「不信」、「信否」、「誰能」、「誰說」拓展出「道」的諸多可能。

二　必然與偶然

沖而、淵兮、湛兮、恍兮、惚兮、窈兮、冥兮、水哉、果爾，《老子》書中常用的這些「而」、「兮」、「哉」、「爾」的文言助詞，相當於白話裡的「然」字。因而周夢蝶詩集中常會出現「必然、偶然」這樣的辭彙，以《有一種鳥或人》為例，就有這許多相連而相對的必然與偶然，值得大家思考。

> 誰說偶然與必然，突然與當然／多邊而不相等[54]

---

54 周夢蝶：〈無題〉，《有一種鳥或人》，頁54。

一眼望不到邊／偶然與必然有限與無限[55]

不信神聖竟與恐怖同軌；而／一切乍然，總胚胎於必然與當然？[56]

顯然，《有一種鳥或人》詩集中，周夢蝶的「然」可以分成兩組：必然、當然／偶然、突然、乍然，只是這兩組詞語出現時，周夢蝶幾乎同時出現「誰說」或「不信」等詞語，世事、人情的發生，到底是偶然或必然，有限或無限？周夢蝶抱著極大的疑惑，不曾作出斷然的選擇。因此，周夢蝶九十歲時明道大學所舉辦的學術研討會中，白靈（莊祖煌，1951-）選擇周夢蝶所愛用、擅用、常用、也越用越頻繁的驚嘆號「！」與問號「？」為焦點，探討他不斷標示的符號背後所欲呈現的生命的偶然與必然、驚駭與疑慮究竟為何？終於得出這樣的結論：他的生命觀與宇宙觀早期是「驚多於惑」（能量需求快速走高／外在時代影響／偶發機緣），其後是「惑多於驚」（能量需求維持在極高檔／反思求道／生命困境），最後終知人生與宇宙的深義，由其中衍發出「驚惑同觀」（能量需求大為降低／不假外求／一即一切）的生命美學。[57]不過，這驚的次數與惑的次數，或有增減，卻是周夢蝶詩中之所不能或無，周夢蝶面對現實、人性，一直保有這種與「道」相接近的「渾」之初貌，即使是最新的近作《有一種鳥或人》，驚、惑這種現象亦未降低，本質上它們顯現出「水」的原始狀態、水的過去式，近乎「道」或「渾」，人的智慧所不能盡知，終究

55 周夢蝶：〈人在海棠花下立——書董劍秋兄攝影後　十八行代賀卡〉，《有一種鳥或人》，頁78。

56 周夢蝶：〈無題十二行〉，《有一種鳥或人》，頁94。

57 白靈：〈偶然與必然——周夢蝶詩中的驚與惑〉，黎活仁、蕭蕭、羅文玲編：《雪中取火且鑄火為雪：周夢蝶新詩論評集》，臺北市：萬卷樓圖書公司，2010，頁117-161。

要拋灑出「道」或「渾」所釀成的諸多可能。

「水」的形象因外在的容器而有所差異或改變，可以親見目睹這種或圓或方，或少或多，或熱或冷，「渾」則不能確知，不能限囿，就如老子所說的「道」:「惚兮恍兮，其中有象；恍兮惚兮，其中有物；窈兮冥兮，其中有精；其精甚真，其中有信。」在恍惚、窈冥之際，渾然一道體，未可細究。相類近的說詞也出現在《莊子・大宗師》:「夫道，有情有信，無為無形；可傳而不可受，可得而不可見；自本自根，未有天地，自古以固存；神鬼神帝，生天生地；在太極之先而不為高，在六極之下而不為深，先天地生而不為久，長於上古而不為老。」[58]這種渾然狀態就是道，周夢蝶以不可信、不忍信的言詞去質疑，以必然與偶然、原則與例外、有限與無限之相互可逆，去驚嘆。

第五節　以游為意境之極的道家美學

《莊子》中常出現「游」字，「游」、「遊」二字可以通用，本文以「渾」、「水」、「游」三字代表水的過去式、現在式、未來式，因此選用「游」字為標題。《莊子》以〈逍遙游〉為首篇，這是第一次出現「游」，其後「游」字不斷優游在莊子的論述裡。

> 若夫乘天地之正，而御六氣之辯，以游無窮者，彼且惡待哉。(〈逍遙游〉)
> 乘雲氣，騎日月，而游乎四海之外。(〈齊物論〉)
> 且夫乘物以游心，托不得已以養中，至矣！(〈人間世〉)
> 不知耳目之所宜，而游心於德之和。(〈德充符〉)

---

58 〔東周〕莊子：《莊子・大宗師》，吳怡：《新譯老子解義》，頁209。

彼方且與造物者為人，而游乎天地之一氣。(〈大宗師〉)

彼，游方之外者也；而丘，游方之內者也。內外不相及。(〈大宗師〉)

立乎不測，而游於無有者也。(〈應帝王〉)

乘夫莽眇之鳥，以出六極之外，而游無何有之鄉，以處壙埌之野。(〈應帝王〉)

汝游心於淡，合氣於漠，順物自然而無容私焉，而天下治矣。(〈應帝王〉)

體盡無窮，而游無朕。(〈應帝王〉)

挈汝適復之撓撓，以游無端。(〈在宥〉)

入無窮之門，以游無極之野。(〈在宥〉)

游乎萬物之所終始。(〈達生〉)

吾游心於物之初。(〈田子方〉)

夫得是，至美至樂也，得至美而游乎至樂，謂之至人。(〈田子方〉)

吾所與吾子游者，游於天地。(〈徐无鬼〉)

莊子所游的空間：無窮者、四海之外、游乎天地之一氣、方之外者、無有者、無何有之鄉、淡、無朕、無端、無極之野、萬物之所終始、物之初、至樂。這種空間當然不是形體可至的空間，是心、神、靈魂才能飄飛的所在，所以，學者指出：《莊子》書中的「游」常與「心」連用，「游心」即心之游，「游」不是肉體的遠離或飛升，卻是心靈的逍遙、精神的容與。[59]更進一步，游是無限的至樂，《莊子》書中有「自適」、「自得」、「自娛」、「自樂」、「自快」之說，都是「游」

59 劉紹瑾：《莊子與中國美學》，廣州市：廣東高等教育出版社，1989，頁42。

的意思，「游」的範疇就更為寬廣而無邊無際了。[60]至於詩人的遠游，當然可以回溯到屈原（約西元前339-278年）的「遠游」，不僅是〈遠游〉一篇而已，整部《楚辭》幾乎都在神游遠觀，「遠游」反映了一種獨特的人生境界，一種穿透世界的方法，不畏漫漫之長路，上下而求索，是一種精神的遠足，「通過遠游，給寂寞的靈府以從容舒展的空間，在縱肆爛漫中撫慰痛苦之心靈。」[61]

周夢蝶新世紀詩集《有一種鳥或人》，自問「顛顛簸簸走了近九十多年的路／畢竟，你是怎樣走過來的？」[62]甚至於以鞋子的角度發聲，為鞋子叫屈，而鞋子的委屈當然是精神上的委屈：

> 是不是該換一雙了？／路走得如此羊腸而又澀酸：／我的鞋子從不抱怨！
> 從不抱怨。我的鞋子只偶爾／有夢。夢到從前。夢到／長安市上的香塵與落葉，嫋嫋／欲與渭水的秋風比高；／與雁陣一般不知書不識愁／剛剛只寫得個一字或人字的[63]

即使寫的是風中小立，周夢蝶遠望的仍然是長遠長遠的天外，一眼望不到邊：

> 君莫問：惆悵二字該怎麼寫？
> 看！晚風前的我
> 手中的拄杖與項下的缽囊

60 同前注。
61 朱良志：《中國美學十五講》，北京市：北京大學出版社，1989，頁93。
62 周夢蝶：〈山外山斷簡六帖——致關雲〉之二，《有一種鳥或人》，頁43。
63 周夢蝶：〈山外山斷簡六帖——致關雲〉之三，《有一種鳥或人》，頁44。

一眼望不到邊

偶然與必然有限與無限[64]

《有一種鳥或人》詩集中奇絕的一首詩〈走總有到的時候——以顧昔處說等仄聲字為韻詠蝸牛〉，以蝸牛的慢為喻，「自霸王椰足下下下處一路／匍匐而上而上而上直到／與頂梢齊高」，[65]此一行程，當然也是一種遠游。《有一種鳥或人》輯三的輯名，引自〈賦格——乙酉二月二十八日黃昏偶過臺北公園〉這首詩中的「再也沒有流浪可以天涯了」，[66]足見流浪可以理直氣壯，天涯卻是一種遙遠的無盡止處，一生貧困度日的周夢蝶在他的心靈上享受這種自在、至樂，在他的新詩裡不吝與讀者分享道家（特別是莊子）美學中逍遙、遠游的自在、至樂。

明朝憨山大師（1547-？）曾以佛教徒的身分註解老子《道德經》與《莊子》內篇，在註解〈逍遙遊〉時曾說：「逍遙者，廣大自在之意。即如佛經無礙解脫，佛以斷盡煩惱為解脫，莊子以超脫形骸、泯絕知巧，不以生人一身功名為累為解脫。」[67]這樣的聯結，頗值得我們思考佛家與道家美學可能相互匯通的所在，且無損於周夢蝶詩僧之名，無愧於周夢蝶自一九六二年開始禮佛習禪的修行經驗。研究周夢蝶最為專精深入的曾進豐教授，曾就「人淡如菊，恬靜率真」、「詩多素心語，生命皆平等」、「止酒與不豪飲之間」、「生死的尊

64 周夢蝶：〈人在海棠花下立——書董劍秋兄攝影後　十八行代賀卡〉，《有一種鳥或人》，頁77-78。

65 周夢蝶：〈走總有到的時候——以顧昔處說等仄聲字為韻詠蝸牛〉，《有一種鳥或人》，頁106-107。

66 周夢蝶：〈賦格——乙酉二月二十八日黃昏偶過臺北公園〉，《有一種鳥或人》，頁74。

67 〔明〕憨山大師：《老子道德經憨山註．莊子內篇憨山註》，臺北市：新文豐出版公司，1993，頁154。

嚴與奧義」、「烏托邦的想像與創造」等五個面向，說周夢蝶無往而不自得的生命情調，實與陶淵明（365-427）相彷彿，悠然、悠閒之情趣，可以和淵明共知共賞，雖然周夢蝶其人其詩「兼融儒、釋、道於一身，然道家委運任化、生死一如的態度，毋寧更愜其心魄。」[68]就這一「愜」字，足以道盡周夢蝶與道家美學的會心處。

第六節　結語：無境造境，臻致化境

本文重點在利用「水」這一意象，連結周夢蝶詩中的道家美學，無意否決周夢蝶學佛習禪所達及的美好境界。且道家美學有許多可以探索的奧妙美境，本文僅站在老子與屈原的楚國文化所常展現的「水文明」[69]來立論，企圖扣緊論題，借用水的三式，現在式的水、過去式的渾、未來式的游，發展出一個小型的道家美學架構。

首先以老子的上善若水的話，探究水的實際功能，既可以為雨露，調解生態；又可以保留水分原貌，滋養植物；還可以在動物體內周游，帶動氣血。看看水的外在形體之啟發，輭動的液態、堅冰的固態、水汽的氣態，既能滲入許多物體之中，又能從許多物體中全身而退，依然保持自我。但是，不論怎樣變遷，水的本質永遠是兩個氫一個氧（H_2O）。其後回頭看水的過去形貌，渾然而似「道」之形象，在恍惚、窈冥之際，顯示道之有情有信。最後論述「水」的未來追求，超越空間的狹窄，超越時間的短暫，穿透世界，窺見本性，無盡期的逍遙之游。

---

68 曾進豐：〈「今之淵明」周夢蝶──一個思想淵源的考察〉，曾進豐編：《臺灣現當代作家研究資料彙編18．周夢蝶》，臺南市：國立臺灣文學館，2012，頁325-356。

69 鄭愁予（鄭文韜）：《和平的衣缽》，新北市：周大觀文教基金會，2011。本詩集榮獲周大觀文教基金會2011年全球生命文學創作獎章，詩中大談中華文化裡的「水文明」。

儒家思維從人到天，《論語》一書從〈學而〉到〈堯曰〉，是從實際生活中學習、思考，最後進入聖賢；道家美學則由天而人，如《老子》是由「道可道，非常道」首章，到末二章「安居樂俗」、「聖人不積」為其歷程；如《莊子》是先懸〈逍遙遊〉為理想目標，再指出〈齊物論〉、〈養生主〉、〈德充符〉是由此可以企及〈逍遙遊〉的三條路徑，由此三論的覺行，往上可以進入〈逍遙遊〉的境界，往下可以成為現實裡的「大宗師」，因而影響實際生活裡的〈人間世〉、推展政治事業的〈應帝王〉。[70]這是由無境（渾）、造境（水）而致化境（游），形塑出道家美學。周夢蝶的詩作由常用佛典的《孤獨國》與《還魂草》的孤峰頂上，回到人世間《十三朵白菊花》與《約會》的溫暖互動，最近的《有一種鳥或人》是人與微賤萬物（狗、門、草鞋、沉水香、櫻桃、枯葉、高柳、沙發、痲雀、鵝、白骨）的互文與借代，相互解憂，相互沉澱，在心靈深處獲得靜定之安。

70 吳怡：《新譯老子解義》，頁10-11。

參考文獻

一　周夢蝶詩集（依出版序）

周夢蝶　《孤獨國》　臺北市　藍星詩社（藍星詩叢）　1959

周夢蝶　《還魂草》　臺北市　文星書店　1965

周夢蝶　《還魂草》　臺北市　領導出版社　1977

周夢蝶　《十三朵白菊花》　臺北市　洪範書店　2002

周夢蝶　《約會》　臺北市　九歌出版社　2002

周夢蝶　《有一種鳥或人》（周夢蝶詩文集）　臺北市　印刻文學生活雜誌出版有限公司　2009

二　中文書目（依作者姓氏筆畫序）

孔智光　《中西古典美學研究》　濟南市　山東大學出版社　2002

朱良志　《中國美學十五講》　北京市　北京大學出版社　1989

牟宗三　《才性與玄理》　臺北市　臺灣學生書局　1989

吳　怡　《新譯莊子內篇解義》　臺北市　三民書局　2001

林安梧　《新道家與治療學——老子的智慧》　臺北市　臺灣商務印書館　2010

南懷瑾　《禪海蠡測》　臺北市　老古文化事業公司　1955

姜一涵等　《中國美學》　臺北市　空中大學　1992

曾進豐編　《娑婆詩人周夢蝶》　臺北市　九歌出版社　2005

曾進豐編　《周夢蝶先生年表暨作品、研究資料索引》　臺北市　印刻文學生活雜誌出版有限公司　2009

曾進豐編　《臺灣現當代作家研究資料彙編18・周夢蝶》　臺南市　國立臺灣文學館　2012

黃錦鋐　《新譯莊子讀本》　臺北市　三民書局　2003

〔瑞士〕卡爾·古斯塔夫·榮格（Carl Gustav jung）著　馮川、蘇克譯　《心理學與文學》　北京市　生活·讀書·新知三聯書店　1987

趙衛民　《莊子的風神：由蝴蝶之變到氣化》　臺北市　聯經出版事業公司　2010

劉永毅　《周夢蝶——詩壇苦行僧》　臺北市　時報文化出版公司　1997

劉紹瑾　《莊子與中國美學》　廣州市　廣東高等教育出版社　1989

覘山·靶引、張香華編　金曉蕾、張香華譯　《我沒有時間了——南斯拉夫當代詩選（1950-1990）》　臺北市　九歌出版社　1997

鄭振偉　《道家詩學》　南京市　江蘇人民出版社　2009

鄭愁予　《和平的衣缽》　新北市　周大觀文教基金會　2011

黎活仁、蕭蕭、羅文玲編　《雪中取火且鑄火為雪：周夢蝶新詩論評集》　臺北市　萬卷樓圖書公司　2010

憨山大師　《老子道德經憨山註·莊子內篇憨山註》　臺北市　新文豐出版公司　1993

蕭　蕭　《老子的樂活哲學》　臺北市　圓神出版社　2006

賴賢宗　《意境美學與詮釋學》　北京市　北京大學出版社　2009

三　中文篇目（依作者姓氏筆畫序）

白　靈　〈偶然與必然——周夢蝶詩中的驚與惑〉　黎活仁、蕭蕭、羅文玲編　《雪中取火且鑄火為雪：周夢蝶新詩論評集》　臺北市　萬卷樓圖書公司　2010

李奭學　〈花與滿天——評周夢蝶詩集兩種〉　曾進豐編　《娑娑詩人周夢蝶》　臺北市　九歌出版社　2005

胡月花　〈市井大隱・簷下詩僧——周夢蝶的生命、思維以集創作歷程探討〉　《育達學報》第16期　2002年12月
奚　密　〈修溫柔法的蝴蝶——讀周夢蝶新詩集《約會》和《十三朵白菊花》〉　曾進豐編　《婆娑詩人周夢蝶》
楊尚強　〈市井大隱・簷下詩僧〉　《民族晚報》　1963年1月11日
羅任玲　〈自然中的二元對立與和諧——周夢蝶《十三朵白菊花》、《約會》析論〉　曾進豐編　《婆娑詩人周夢蝶》

第三章
不容所以相濟：鄭愁予「水文明」的實踐
——以《和平的衣缽》作為考察對象

摘要

鄭愁予於一九六六年出版《衣缽》，二〇一一年擴大原書內容，整編一生中重要的詩篇納入其中，新發行《和平的衣缽》，另附以副標題「百年詩歌萬載承平」。這是一部夾雜著許多性靈觀、水文明觀的詩集，從「衣缽」傳承的熱切起錨出航，結束於「和平」的水性柔情，是鄭愁予內在生命的自我省視，是生命本質中性靈之水與熱血之火的相互濟助。本論文試圖從詩文明裡的水性資源、古文化裡的水性思維，論述鄭愁予詩篇水意象中的性靈內涵，「水」與「火」的質性截然相反，所以才有相互助成的可能，「水」與「火」的質性如此不容，所以才有相互激盪、相互延展的張力。鄭愁予以這部詩、論合體的《和平的衣缽》，在黃昏裡掛起一盞燈，傳下詩人的行業，也傳下詩與和平的衣缽。

關鍵詞：鄭愁予、和平的衣缽、水文明、水意象、性靈

第一節　前言：性靈之水與熱血之火

有關鄭愁予（鄭文韜，1933-）詩學的研究，集中在《鄭愁予詩集 I》（1979），包含早期的《夢土上》（1955）與《窗外的女奴》（1968），但甚少及於《鄭愁予詩集 II》（2004）（含《燕人行》〔1980〕、《雪的可能》〔1985〕、《刺繡的歌謠》〔1987〕），以及一九八六年之後的作品《寂寞的人坐著看花》（1993）。即使是《鄭愁予詩集 I》的論述中，也大都略過《衣缽》（1966）的研究。但二〇一一年鄭愁予榮獲「周大觀文教基金會」頒贈「全球生命文學創作獎章」，鄭愁予卻罕見地擴大《衣缽》內容，收納、整編一生中重要的篇章，都為《和平的衣缽》，另附以副標題「百年詩歌萬載承平」，[1]鄭重出版，此書之發行，詩之外的意識明確，訴求鮮明，其自序〈為誰寫序？〉長達三十頁，強調這些詩作是為詩魂而寫、為性靈而寫、為國魂而寫、為詩藝術而寫、為和平而寫，往往以文為「附識」，或附誌於詩之前，或附誌於詩之後，增強中心意蘊、核心價值，顯示有機編輯的企圖心，值得論者拭目以觀。

《和平的衣缽》之編輯不與一般詩集相同，一般詩集不論分輯或不分輯，只會登載詩作與輯名，詩人如有特殊觀點要表達，會以序跋長文或詩前小序、詩後小註等方式加以舒布，但《和平的衣缽》之分輯，卻以以下的文字站上詩集的「火線」，一位抒情的詩人身兼教職，要以言說、身教，增強詩的感染力：

第一輯：讀了序言，讀《衣缽》之前，請凝神片刻！

1 鄭愁予：《和平的衣缽：百年詩歌萬載承平》，新北市：財團法人周大觀文教基金會，2011。

第二輯：2012和平！後內戰時代為青年找使命？對！投給和平一票

第三輯：反戰情結出自性靈的人生

第四輯：金門是反戰的前線？正是和平的起跑點！

第五輯：失鄉就是失去和平，鄉愁就是和平在望

第六輯：地球上：地震之驚，脈脈相通

第七輯：孿生的海岸

第八輯：我的詩是洪流中的涉禽——華夏水的文明是性靈之所本

第九輯：游世的詩 VS.濟世的詩[2]

第一輯收入革命的〈衣缽〉，第二輯是青色的〈春之組曲〉，第三輯收入的是「具有傳統反戰情結的詩、戰爭失鄉的詩、祈願和平的詩，讀了以後，可以多了解〈衣缽〉、〈春之組曲〉關懷生民性靈之所由。」[3]這三輯是關乎革命、戰爭、反戰、失鄉、祈願等主題的作品，主題意識明顯而強烈，可以歸屬於五行中的「火」，在詩人的胸腔裡燃燒著：

當三月桃如霞，十月楓似火，
燃燒的江南正如檄文在火化著……[4]

其實在這三輯詩作中，夾雜敘說的是「性靈」的理念與堅持，鄭愁予認為性靈是詩人氣質的一部分，輕視肢體，扞格肉慾，不擺弄毅

2　鄭愁予：《和平的衣缽：百年詩歌萬載承平》，目錄，頁1-11。

3　鄭愁予：〈附識八：性與靈牽手〉，《和平的衣缽：百年詩歌萬載承平》，頁124。

4　鄭愁予：〈衣缽〉，《和平的衣缽：百年詩歌萬載承平》，頁72。

狗（ego），沒有企圖功利的痕跡，沒有什麼魔變的玩耍，他說：性靈絕對是詩的精魂，是詩的原旨、是「神韻」之所出、是「肌理」之所宗、是「興趣」之所憑、是「境界」之所源、是詩的感動力量之放射體。[5]這三輯詩作或如第三輯之輯名所示：「反戰情結出自性靈的人生」，是性靈中保家衛國的急切的「火」，這樣的一把火讓詩人忍不住跳出來，企圖燒熱冷漠的心靈。

四、五、六、七這四輯是「孿生的海岸」，所謂孿生者，或詩、或文，或新作、或舊作，或寫金門、或寫廈門，或旅夢、或鄉愁，所以也可以說是或水、或火，在愛詩（水之柔勁）與愛國（火之熾焰）之間游走。其中，「金門」的意象最為顯豁，金門不僅是被水所包圍的海島，也是被烈酒、砲火所鎔鑄的堅毅花崗岩，是水也是火，所以是戰火所洗禮、和平瞻望之所寄託。這四輯作品，正是由火轉向水的潮間帶。此後二輯（八、九輯）是水性的詩作，詩人從愛國者的積極身分中冷卻自己，回復一般人所習知的優雅身姿，奉陳詩作，但是那種水中藏火的熱切之心，仍然在第八輯中透露溫熱，詩人在第八輯中堅持要將自己生平所思所悟，以論述的方式指陳出來，那就是「華夏水的文明是性靈之所本」、「詩的感動力量來自詩的原旨——性靈」，急切的詩論家身分要在第九輯才將性靈說、水文明的實踐結果加以呈現，鄭愁予在這裡採編十八首詩，分列在游世與濟世兩個範疇內，游世之作佔三分之二強，濟世之作僅得三分之一弱，游與濟都是水字邊，但游世屬水之性要勝過濟世之心，所以詩人這一生最為膾炙人口的作品，此時像水一樣湧現而出，這樣的似水柔情才是「和平的衣缽」裡「和平」的源頭。

這一部夾雜著許多性靈觀、水文明觀的詩集，從「衣缽」傳承的

---

5 鄭愁予：〈附識九：性靈之所由〉，《和平的衣缽：百年詩歌萬載承平》，頁125。

熱切起錨出航，結束於「和平」的水性柔情，是鄭愁予內在生命的自我省視，是生命本質中性靈之水與熱血之火的相互濟助，值得多方觀察。

鄭愁予詩作往往在情意與情義之間出入，在游世與濟世之間優遊，在意識與意態之間迴盪，在氣象與氣韻之間吐納，以二〇一三年五月三十一日（星期五）明道大學所舉辦之「鄭愁予八十壽慶國際學術演講會（International Conference on Zheng Chouyu）」之講題而言，渡也點評其秀美、雄偉兩種詩風之所然與所以然，向陽在意識傾向與情感走向間探測，李翠瑛以「情」之所在、「意」之所往，論述鄭愁予情詩中的語言轉換與意象變造，林于弘深入觀察鄭愁予詩作中的山海觀，羅文玲以「仁俠」稱之，無不集中焦點梳理鄭愁予詩中的情意與情義之糾結，可以見出鄭愁予一生詩作都在兩極之間浪遊。[6]歸根究柢，窮探其實，鄭愁予詩的元素可以歸結到最基本的物質（五行）中屬性相對的水與火：其一，抒情、感性而浪漫的水質特徵，所謂情意、游世、氣韻、秀美、情感走向、仁字等，都屬於這種水質特徵的發揮；其二，詩中的器識、知性、胸襟，所謂情義、濟世、意識傾向、氣象、俠字等，就屬於火性特徵的燦亮輝芒。水與火，難以相容，所以能激盪出詩的能量；水與火，不能相容，反而可收相濟之效。本文即企圖以《和平的衣缽》最後兩輯為範疇，透過古文明裡的水性資源，探索鄭愁予詩中的水意象、水思維，藉以看見水文明中的火性光輝，獲收鄭愁予詩中切真的性靈。

---

6 參閱明道大學：「鄭愁予八十壽慶國際學術演講會（International Conference on Zheng Chouyu）」會議手冊，彰化縣：明道大學國學所，2013。

第二節　詩文明裡的水性資源

在人類生活資源的多種元素中，水，無疑是最重要的一種。以縱向軸的時間性來看，創世神話中，不論東方或西方都以渾沌水氣或洪水作為開端，人類文明無不從海港、河口、流域等水邊開始，人之出世是從母親的羊水中破水而出。從橫向軸的空間性來看，水所佔有的地球表面達百分之七十以上，即使是陸地、沙漠，也是江、河、溪、湖密布其間或其內。再以象限面的世間性而言，人可以一日不食，不能一日不喝水，水的滋味甘美，彷彿津液，不僅可以滋潤唇舌喉口、五臟六腑，更可以滋潤動物、植物，即使是礦物也因為水分子的存在而不至於皸裂。甚至於從抽象性的想像力而言，水「欲上則凌於雲氣，欲下則入於深泉」，這是五行中的金、木、火、土之所不能及，人的想像力所要髣髴於萬一的，就是這種上天入地無所不能、古往今來無所不可的能耐。

因此，文學藝術的創作，豈能不以「水」作為最佳的描摩對象，不以「水」作為生活裡最好的依憑，生命上最優的象徵？

古典詩文學的兩大源頭，一為《詩經》，一為《楚辭》。它們所代表的，一為黃河流域文學，一為長江流域，都是因水、由水而起的文學。

先言《詩經》中水意象的發展脈絡及其詮釋系統。《詩經》所代表的黃河流域空間，平野開闊，生活單純，因此，一般研究《詩經》中的水意象，論述者多將重點放在〈國風〉婚戀詩中的情愛抒發，詩人們或以水起興，或以水為喻，或乾脆把男女戀情放在水濱澤畔來展開，因而產生了男女相會於河邊的歡快、愉悅之情，同時也可能帶來離別相思之痛苦，隔河相望之悵惘。[7]因此分析出水意象參與情愛詩的表現類型：一、以河水、雨水或露水直接起興、抒發對異性的思慕之情，如《周南・關雎》等。二、以水隔兩岸來喻指夫妻的離散或戀人情愛的阻隔，如《邶風・谷風》等。三、以水為背景描寫情愛生活的兩情相悅，富有濃厚的生活氣息，如《鄭風・溱洧》等。四、用水烘托渲染象徵暗示婚戀生活的種種不測，如《鄭風・行露》等。[8]甚而推演到創世神話中的水生神話，探討水崇拜的思想由來與內涵。[9]綜合而言，《詩經》中的水意象無不環繞著愛情，表達對愛情的熱烈追求與堅定執著，以及因此而產生的思念、愁緒、被遺棄的悲痛，完完全全是水的柔、曲、清、淨的物質折射，即使進而探尋了水與性、水與生殖的神話原型，仍不離「柔情似水」此一流域，少有轉折。

黃永武（1936-）研究《詩經》中的水意象，承襲毛傳、鄭箋、孔疏系統，堅決認為：《詩經》中的水有直賦自然景象，也有兼含比興象徵的，他特別強調的是這些比興象徵的共通意義：「水」是「禮」的象徵。[10]他引用《周南・漢廣》、《邶風・匏有苦葉》、《邶風・新臺》、《唐風・揚之水》、《王風・揚之水》、《鄭風・揚之水》、《秦風・蒹葭》、《曹風・下泉》、《小雅・沔水》、《小雅・白華》、《小雅・四月》《小雅・黍苗》等篇章，強調「男女之際安可以無禮義，

7　范少琳：〈談《詩經》婚戀詩中的水意象及其文化意蘊〉，《牡丹江師範學院學報》（哲學社會科學版），2008年第5期（總第147期），2008，頁18-20。此文又見於《青海師專學報》（教育科學），2008年第1期，2008，頁34-37。

8　袁琳：〈《詩經》中的情愛詩與水意象關係探微〉，《高等函授學報》（哲學社會科學版），第17卷第4期，2004年8月，頁41-43。

9　康相坤：〈從水崇拜看《詩經》婚戀詩〉，《內蒙古民族大學學報》（社會科學版），第32卷第3期，2006年6月，頁61-62。

10　黃永武：〈《詩經》中的「水」〉，《中國詩學・思想篇》，臺北縣：巨流圖書有限公司，2004，頁95-108。

無禮義將無以自濟也。」(〈邶風·匏有苦葉〉毛傳)他認為按照毛傳的通例，全書同一意義的，只發凡一次，很少重出，所以〈邶風·匏有苦葉〉一詩下的毛傳，可以普遍解釋全書中以「水」為「禮」的各首詩。

不僅毛亨、毛萇(二人生平不詳，約秦漢之際至西漢初年)的《傳》視「水」為「禮」的象徵，東漢鄭玄(127-200)的箋，唐朝孔穎達(574-648)的疏，一直沿承這種說法：

> 《詩經·周南·漢廣》首章
>
> 南有喬木，不可休思。漢有游女，不可求思。
>
> 漢之廣矣，不可泳思！江之永矣，不可方思！
>
> 小序：「文王之道，被于南國，美化行乎江漢之域，無思犯禮，求而不可得也。」
>
> 鄭箋：「喻賢女雖出游流水之上，人無欲求犯禮者，亦由貞潔使之然。」「犯禮而往，將不至也。」[11]
>
> 孔疏：「方泳以渡江漢，雖往而不可濟，喻犯禮以思貞女，雖求而將不至。」[12]

黃永武依詩序的說解，認為「漢水太廣，不能潛泳而渡；江水太長，不能乘筏而達。這茫茫的漢水，湯湯的長江，暗比著情愛追求中的鴻溝天塹，這鴻溝天塹就是男女交際間自我約束的『禮』。」[13]江漢之「水」的阻隔就是「禮」的節制，追求者低徊流連，游女貞潔綽約，這就是周代人的禮樂教化，周代人教育思想的主題，漢代人鄭玄、唐

11 〔漢〕鄭玄箋：《毛詩鄭箋》，臺北市：新興書局有限公司，1972，頁4。

12 國立編譯館：《十三經注疏·毛詩正義》，臺北市：新文豐出版公司，2001，頁109。

13 黃永武：《中國詩學·思想篇》，頁97。

代人孔穎達解說得十分周全。即使是解說《詩經》不依此系統的宋朝朱熹（1130-1200），在論說此章時也說：「文王之化，自近而遠，先及於江漢之間，而有以變其淫亂之俗，故其出遊之女，人望見之，而知其端莊靜一，非復前日之可求矣。因以喬木起興，江漢為比，而反復詠歎之也。」[14]顯然也贊同以江漢為比（譬喻），而變其淫亂之俗，此一由「水」而「禮」的軌跡，彷彿可見。

《詩經・秦風・蒹葭》首章

蒹葭蒼蒼，白露為霜。所謂伊人，在水一方。

溯洄從之，道阻且長；溯游從之，宛在水中央。

小序：「刺襄公也，未能用周禮，將無以固其國焉。」

毛傳：「逆流而上曰溯洄，逆禮則莫能以至也。」

「順流而涉曰溯游，順禮求濟，道來迎之。」

鄭箋：「不以敬順往求之，則不能得見。」

「以敬順求之則近耳，易得見也。」[15]

孔疏：「大水喻禮樂，言得人之道，乃在禮樂之一邊。既以水喻禮樂，禮樂之傍有得人之道，因從水內得之。」[16]

依循詩序、毛傳、孔疏的系統，黃永武認為：所謂伊人，象徵為理想境界，這境界是替現實政治劃下了光明的指標，那就是「得禮則近，不得禮則遠」，回頭循著禮走，很快就可尋到伊人的身邊。[17]有趣的是，如果不依此系統，如朱熹者，可能就無法找到津梁，朱熹在

14 〔明〕朱熹：《詩經集注》，臺北市：華正書局有限公司，1996，頁6。

15 〔漢〕鄭玄箋：《毛詩鄭箋》，頁47。

16 國立編譯館：《十三經注疏・毛詩正義》，頁665-666。

17 黃永武：《中國詩學・思想篇》，頁102-103。

《詩經・秦風・蒹葭》首章的點評語：「言秋水方盛時，所謂彼（伊）人者，乃在水之一方，上下求之而皆不可得。然不知其何所指也。」[18]文字詩意的掌握，朱熹已有所得，但詩外何所指？如不從「溯洄從之，道阻且長」去體會「逆禮則莫能以至」的含意，將水與禮結合，則將如朱熹一樣，發出「不知其何所指」的感嘆。

根據黃永武的研究，《詩經》中的「水」意象確實是「禮」的象徵，因此，「水」不僅是水，清澈、透明、柔弱、激盪、無限的水，「水」也可以有約束、規範、合理、節制的義涵，類近於「金」或「火」元素的特質。「水」中有「火」的認識，是我們從《詩經》中的水意象得到的啟發。

次言《楚辭》中水意象的哲理思考。

在水的各種作用中，洗滌汙穢是其中極為特殊的一種，水可以滌除他物之汙穢，而後又能沉澱自己，將自己從汙穢中抽離。五行之金木水火土中，唯有水與火具有這種滌穢功能，不同的是，火採取的是「與汝偕亡」，同歸於盡，水卻能滌除人間汙垢、凡俗蕪穢，以期進入神聖清淨的殿堂，從原始部落、古文明的巫覡文化，以至於今日的宗教信仰，如觀世音菩薩的清淨水、基督教的施洗、道教的淨身，都以水作為濁溷之身的清淨劑，憑此而進入另一種淨土、極樂、天堂。因此，充滿神秘色彩、巫覡信仰的楚文化，長期在幽邃山水中生活的楚人士，以屈原（西元前340-278年）為重要代表的《楚辭》，就是將水的滌穢功能發揮到極致的顯例。屈原一身傲骨，高潔自視，當然不能與濁惡之人、汙穢之世相處共事，選擇以水作為淨化自己，昇華理想的媒介，也就順理成章，水到渠成了。《楚辭・漁父》是最佳的徵象：

18 〔明〕朱熹：《詩經集注》，頁76-77。

> 屈原既放，遊於江潭，行吟澤畔，顏色憔悴，形容枯槁。
> 漁父見而問之曰：「子非三閭大夫與？何故至於斯！」
> 屈原曰：「舉世皆濁我獨清，眾人皆醉我獨醒，是以見放！」
> 漁父曰：「聖人不凝滯於物，而能與世推移。世人皆濁，何不淈其泥而揚其波？眾人皆醉，何不餔其糟而歠其釃？何故深思高舉，自令放為？」
> 屈原曰：「吾聞之，新沐者必彈冠，新浴者必振衣；安能以身之察察，受物之汶汶者乎！寧赴湘流，葬於江魚之腹中。安能以皓皓之白，而蒙世俗之塵埃乎！」
> 漁父莞爾而笑，鼓枻而去，乃歌曰：「滄浪之水清兮，可以濯吾纓。滄浪之水濁兮，可以濯吾足。」遂去不復與言。[19]

《楚辭·漁父》的「滄浪之歌」是秦漢之際著名的古歌謠，屈原獨清獨醒，不以自身皓皓之白，蒙世俗之塵埃，代表的是儒家束己脩心、澡身浴德的生命理想，但漁父清兮濯纓，濁兮濯足，不為物凝滯，能與世推移的修持，則是道家泯除物我、隨順自然的瀟灑態度。〈漁父〉這首詩，周全發揮了水意象的哲理思考，既能如道家看見水的清濁面貌、接受水的兩種可能，甚至於還主動讓自我進入水中淈其泥而揚其波，主動餔其糟而歠其釃以讓水（酒）進入自我。又能呈現儒家以水之清澈為典範，期許自己獨清獨醒；且以水為潔身自愛的憑藉，隨時隨地新沐新浴。所以，遊於江潭，行吟澤畔的屈原，不是土中成長的木，不是火裡鍊就的金，他從水意象所獲得的啟發，卻是經由水的淨化而竄升的火蓮，一枝幽蘭，高潔自傲，汙穢不侵的一把火，獨

19 〔東周〕屈原著，王逸章句，洪興祖補注：《楚辭章句補注》，臺北市：世界書局，1956，頁107-108。

自光耀著詩的天空。

鄭愁予在《和平的衣缽》中有一首詩〈宇宙的花瓶〉，其副標題為「水的文明與屈原的苗裔」，將宇宙的初始設想為「火」：「元始宇宙生出時空主宰為恒星太陽／太陽滾動釋出全身元素色彩光照是為火」，其後「魔術使太陽嶙體諸元素成為物質成為空氣成為水」，「火」與「水」是鄭愁予詩中宇宙的最初始元素，華夏文明於焉開始，詩、騷、舞、樂則是這宇宙花瓶的花，由這大宇宙花瓶所供養。屈原則是以歌、詩、樂、舞演繹歷史的人，「他是東皇太一的大靈巫……他是詩人中的龍，龍中的聖，他是水的捕捉者，他是大情人，他是一切，他非常複雜……然而他又簡單得只是一枝幽蘭，卻足以綻放整條江流的華夏文明！」[20]可以為本節所敘所論作一具體而微的圖形徵象，兼亦呼應前節「性靈之水與熱血之火」之論，其詩前的圖象之作如下，圖簡意賅地呈現出宇宙與詩所演繹的實質內涵：

20 鄭愁予：〈宇宙的花瓶〉，《和平的衣缽：百年詩歌萬載承平》，頁300。此圖象詩納入〈我詩的創意來自華夏文明的起源‧水的文明與屈原的苗裔〉，《和平的衣缽：百年詩歌萬載承平》，頁300-307。

宇宙的花瓶

混沌混沌混沌混沌混沌混
混沌無生黑冥無聲是元始之始
元始宇宙生出時空主宰為恒星太陽
太陽滾動釋出全身元素色彩光照是為火
火焰噴空而生幼兒其天性熱愛流浪為熔漿
熔漿活潑長成青年其姿態堅強固立是為岩石
岩石岩石攜手搭肩排坐擁抱強壯結為板塊大地
大地工匠老盤古挖掘堆建推擠板塊乃成山高壑深
太陽之火施威之後安撫之後快意戲耍變創世魔術
魔術使太陽璘體諸元素成為物質成為空氣成為水
水水水兮水水水兮水水水水兮水水水兮水水水
水潛岩石之髒水漫大地之壑水升九天空上空
水匯卿雲高九重演出雷電雨雪虹霞之俳優
水滋物種於壑孕人祖女媧於穴母愛生焉
暴龍共工駕九重之雲吸盡世間水成旱
太陽遣祝融化身為鳳焚共工雙龍車
共工撞斷不周山天水穿天洞泄注
天水溢大壑歸墟滅絕世間物種
天水混沌大地再現原始洪荒
感恩人類始祖智慧之女媧
左手撒漫空水花造飛雨
右手揮亙天火光現彩虹
火光煉五彩石以天水淬之
乃創造華夏煉石補天之神話
補天壯美使共工俯首轉為善龍
又以麗日之光明表彰祝融愛真理
水與火與乎龍與鳳呈祥呈瑞人間世
女媧嫘祖黃帝顓頊老童帝堯帝舜大禹
獲麟歌孔子唐虞之憂藉詩經仁道易禮春秋
離騷經屈原楚郢之哀傳救國性靈萬世感天問
華夏文明於焉開始為宇宙的花瓶供養詩騷舞樂

第三節　古文化裡的水性思維

關於水，古文化裡一如《詩經》詩序、毛傳、孔疏的解說系統，以水作為人性的制約，品德的徵象，這是華夏文化中的「比德說」，「比德說」最常被引用的是「玉」，如《孔子家語》所述，子貢（西元前525-446年）曾問於孔子（西元前551-479年）曰：「敢問君子貴玉而賤珉，何也？為玉之寡而珉之多歟？」孔子的回答是：「非為玉之寡，故貴之；珉之多，故賤之。夫昔者君子比德於玉，溫潤而澤，仁也；縝密以栗，智也；廉而不劌，義也；垂之如墜，禮也；叩之其聲清越而長，其終則詘然樂矣，瑕不掩瑜，瑜不掩瑕，忠也；孚尹旁達，信也；氣如白虹，天也；精神見於山川，地也；珪璋特達，德也；天下莫不貴者，道也。《詩》云：『言念君子，溫其如玉。』故君子貴之也。」（《孔子家語．問玉第三十六》）[21]許慎（約58-147）所撰的《說文解字》也如此比擬：「玉，石之美有五德者。潤澤以溫，仁之方也；思理自外可以知中，義之方也；其聲舒揚，專以遠聞，智之方也；不撓而折，勇之方也；銳廉而不忮，絜之方也」。[22]這種比德之說可以視為儒家嫡傳的言說系統，面對「水」，依然是這種態度，《孟子》、《荀子》書上無不如此；

> 徐子曰：「仲尼亟稱於水曰：『水哉！水哉！』何取於水也？」孟子曰：「源泉混混，不舍晝夜，盈科而後進，放乎四海；有本者如是，是之取爾。苟為無本，七、八月之間雨集，溝澮皆盈；其涸也，可立而待也。故聲聞過情，君子恥之。」（《孟

---

21 《孔子家語》，《文津閣四庫全書》，北京市：商務印書館，2006，頁0695-78。

22 〔東漢〕許慎著，〔清〕段玉裁注：《說文解字注》，臺北市：藝文印書館，1970，頁10。

子．離婁下》）[23]

孔子觀於東流之水。子貢問於孔子曰：「君子之所以見大水必觀焉者，是何？」孔子曰：「夫水，遍與諸生而無為也，似德。其流也埤下，裾拘必循其理，似義。其洸洸乎不淈盡，似道。若有決行之，其應佚若聲響，其赴百仞之谷不懼，似勇。主量必平，似法。盈不求概，似正。淖約微達，似察。以出以入以就鮮絜，似善化。其萬折也必東，似志。是故見大水必觀焉。」（《荀子．宥坐篇》）[24]

孟子（西元前372-289年）以盈科而後進的水的精進現象，表達「聲聞過情」者的羞愧，荀子（西元前313-238年）書上則以德、義、道、勇、法、正、察、善化、志等八德，證明人應該以水為導師，向水學習。

道家對「水」的說詞，不直接挑明比德之說，但取法之意仍然十分清楚，老子（生卒年不詳，約西元前604-531年）以為水之不爭，是接近道的表現；莊子（西元前369-286年）以水性能靜喻聖人之心，靜觀萬物，才能了然於心，藉天地照見自己。

上善若水。水善利萬物而不爭，處眾人之所惡，故幾於道。（《老子》第八章）[25]

水靜則明燭鬚眉，平中準，大匠取法焉。水靜猶明，而況精

23 〔清〕焦循：《孟子正義》下冊，臺北市：文津出版社，1988，頁563-567。

24 李滌生：《荀子集釋》，臺北市：臺灣學生書局，1988，頁645。

25 〔晉〕王弼注，〔清〕紀昀校訂：《老子道德經》，臺北市：文史哲出版社，1990，頁17-18。

> 神，聖人之心靜乎！天地之鑑也，萬物之鏡也。(《莊子・天道》)[26]

真正將水當作物質來看待，尋找出水特有的質性，應該是《管子》一書，[27]《管子》卷十四、〈水地〉第三十九之首尾兩段，重複述說：水是萬物的本原，是一切生命的植根之處，美、醜、賢、不肖、愚、俊，都由此而產生。水，大地的血氣，像人身裡的筋脈，在大地裡流通著。所以說：「水，具材也。」[28]同時，《管子・水地》這篇最經典的說法是將水提升到「萬物之準」：

> 準也者，五量之宗也；素也者，五色之質也；淡也者，五味之中也。是以水者，萬物之準也，諸生之淡也，違非得失之質也。是以無不滿，無不居也，集於天地，而藏於萬物。產於金石，集於諸生，故曰水神。集於草木，根得其度，華得其數，實得其量。鳥獸得之，形體肥大，羽毛豐茂，文理明著。萬物

---

26 郭慶藩：《莊子集釋》，臺北市：華正書局有限公司，1997，頁457。

27 《管子》一書，舊本題管仲撰，全書內容龐雜，約可分為八類：《經言》九篇，《外言》八篇，《內言》七篇，《短語》十七篇，《區言》五篇，《雜篇》十篇，《管子解》四篇，《管子輕重》十六篇。羅根澤在《管子探源》中指出：「《管子》八十六篇，今亡者才十篇，在先秦諸子，裒為巨帙，遠非他書所及。〈心術〉、〈白心〉詮釋道體，老莊之書未能遠過；〈法法〉、〈明法〉究論法理，韓非〈定法〉、〈難勢〉未敢多讓；〈牧民〉、〈形勢〉、〈正世〉、〈治國〉多政治之言；〈輕重〉諸篇又多為理財之語；陰陽則有〈宙合〉、〈侈靡〉、〈四時〉、〈五行〉；用兵則有〈七法〉、〈兵法〉、〈制分〉；地理則有〈地員〉；〈弟子職〉言禮；〈水地〉言醫；其它諸篇亦皆率有孤詣。各家學說，保存最夥，詮發甚精，誠戰國秦漢學術之寶藏也。」(羅根澤：《管子探源》，臺北市：里仁書局，1981)

28 〔東周〕管仲：《管子・水地》，《文津閣四庫全書》，北京市：商務印書館，2006，頁0728-745至747。

莫不盡其幾，反其常者，水之內度適也。[29]

在這篇文章中，《管子》一書的作者確信「準」是各種量器的依據，「素」是各種顏色的本質，「淡」是各種味道評量的中準，他認為「水」就是「準」、就是「素」、就是「淡」，就是有形的萬物眾生、無形的是非得失的評量標準，這是何等崇高的稱譽，所以，世界上所有軟的、硬的、實的、虛的，沒有不被水充滿的，也沒有水不可以停留的（地方）。水，可以聚集在天地之間，包藏於萬物的內部深處，產生在堅硬的金石裡面，聚集在一切生命體中，所以可以稱之為水神。水如果集聚在草木身上，根能得到適當的滋潤，花能開出漂亮的數目，果實能長出相當的數量。鳥獸喝得到水，形體肥大，毛髮豐茂，神色朗潤而有光澤。萬物所以能充分發展各自的生機，回歸正常的軌道，都因為它們體內含藏的水，豐足而適量。《管子・水地》正以水之原始質性，強調水之不可或缺。

《管子・水地》在敘說以上這一段水為萬物之宗，之後還有一段文字談論玉之九德，接著說的還是水：「人，水也，男女精氣合而水流形。」指出人是由男女之精氣交感而流布成形。這樣的觀點來自於「水」字的造形，《管子・水地》隱約將「水」字中間那一豎當作男女精氣之合（或者說如「玉」之德），左右的筆畫如水向外流動之貌，那是血肉的形成。再看緯書《春秋元命苞》[30]也是將「水」字兩

29 〔東周〕管仲：《管子・水地》，《文津閣四庫全書》，頁0728-745至747。

30 《春秋元命苞》為「春秋緯」十四種之一種，又名《春秋緯元命苞》，其書久佚，僅存遺編殘圖。根據（玉函山房輯佚書）〔魏〕宋均注：《春秋緯元命苞》，引貫居子曰：「元，大也；命者，理之隱深也；苞，言乎其羅絡也，萬象千名，靡不括也。然主以春秋立元之意，為之履端，故其名則然。」（玉函山房輯佚書《春秋緯元命苞》卷上，頁1。）

側的筆畫，當作是兩人對舞，有來有往有進有退，而且有所變化，中間的一豎是「一」，數的開始，所謂一生二、二生三、三生萬物，所以也是萬物的開始，其文曰：「水之為言演也，陰化淖濡，流施潛行也。故其立字，兩人交，一以中出者為水。一者數之始，兩人譬男女，言陰陽交，物以一起也。」[31]關於「水」字，蕭吉（生卒年不詳，約南朝梁武帝後期至隋初）所著《五行大義》說：「水者，五行之始焉，元氣之湊液。」並引許慎云：「其字象眾水並流，中有微陽之氣。」[32]經查許慎《說文解字》原文：「水，準也，北方之行，象眾水並流，中有微陽之氣也。」段玉裁注解十分詳細：「火，外陽內陰；水，外陰內陽。中畫象其陽，云微陽者，陽在內也。」[33]從《管子》到《說文段注》，都以「水」字的外形證明「水」是萬物的源頭，不論說法如何，都將「水」字中央的一豎，視為「一」、視為「陽」，內蘊著「水」中有「火」的意念。

《列子》[34]書上曾敘述孔子在呂梁這個地方，看見三十仞高的瀑布下，泡沫浮泛三十里，黿鼉魚鱉也無法游水生存的地方，卻有一個男子在其中游泳，原以為是被生活所苦而想自殺的人，孔子讓學生跟他同游，協助他，請問蹈水之道，他說：「吾始乎故，長乎性，成乎

31 〔日〕安居香山、中村璋八輯：《緯書集成》中冊，東京：明德出版社，1943，頁631。本文錄自（玉函山房輯佚書）〔魏〕宋均注：《春秋緯元命苞》卷下，頁五。

32 蕭吉：《五行大義》卷一，知不足叢書，臺北市：武陵出版有限公司，2003，頁28。

33 〔東漢〕許慎著，〔清〕段玉裁注：《說文解字注》，頁521。

34 《列子》又名《沖虛經》、《沖虛真經》，是道家重要典籍，相傳為列禦寇所著，其時代約為春秋戰國之際，共有〈天瑞〉、〈黃帝〉、〈周穆王〉、〈仲尼〉、〈湯問〉、〈力命〉、〈楊朱〉、〈說符〉等八篇，多為寓言故事所組成，錢鍾書《管錐編》認為《列子》受佛教思想影響，應是魏晉時代偽書，但「竄取佛說，聲色不動」，「能脫胎換骨，不粘皮帶骨」，現存《列子》的注本有晉代張湛注的《沖虛至德真經》八卷，錢鍾書指出偽託者未必為作注者之張湛，但如果《列子》真是張湛所作，不足以貶《列子》，卻足以尊張湛，可見《列子》仍有其價值在。

命，與齎俱入，與汨偕出。從水之道而不為私焉，此吾所以道之也。」這就是說，人開始受到原生環境的塑造，長大以後與水相處既久，自然成性，最後自然而然，與水和平相處，彷彿這是與生俱來的天命，所以可以隨著漩渦沉入水中，也可以順著湧升上來的水躍出水面，這是認識水性、順從水性，不以個人私自的想法去揣度啊！[35]

《管子》與《列子》等傳統古籍或從「水」字的造形思考，或從「水」的物質本性探討，儒道二家則以比德式的繫連，將「水」擬人化，作為生命哲理的體悟客體，古文化裡的水性思維因而成為相互繫連的網絡狀態，在五行的物質特形中，「水」與「火」也因此而躍升為最重要、最耀眼，且相互關聯的兩種元素。

第四節　水意象中的性靈內涵

沿承以上論述，鄭愁予認為「詩是水質的」的同時，他也認為詩的衍生是得自對宇宙間「聲響的感應，光照的接引」，聲響主要是來自豪雨、潮汐、江河的激湧和流洩，光照則是來自日月與火焰，彩色則來自陽光的照射、祭歌總是以燃火的形式完成。[36]析分之，詩的「聲響的感應」來白於「水」，不論豪雨、潮汐、江河的激湧和流洩，都是「水」的變貌或分身；至乎詩的「光照的接引」，諸如日月、火焰、陽光、燃火等等，莫不是「火」的代稱或化身。詩，「水」給予聲響、節奏、律動，「火」則給予形體、意象和光耀。但在「水」、「火」的比例上，顯然鄭愁予偏向「水」質的部分多些，因

35 〔東周〕列禦寇著，莊萬壽注譯：〈黃帝篇〉，《新譯列子讀本》，臺北市：三民書局公司，2011，頁53-55。案，此則又見於《列子：說符篇》、《莊子：達生篇》、《說苑：雜言篇》、《孔子家語：致思篇》，文字略有出入。

36 鄭愁予：〈詩為什麼是水質的〉，《和平的衣缽：百年詩歌萬載承平》，頁308。

為他發現：活動的「詩質」與流動的「水質」是近似的：

> 因為水和詩都是文明的源起。水存在地底時是詩質先於詩的心理狀態，詩流動在地表上則取得構成詩的形式條件。而成為瀑布的時候，其聲響是對地心引力的回應，便是詩的節奏；當洶湧沖激江海之岸的時候，其實是對陸地阻隔的回應，就是詩的精神內容。而當水氣升上天空，雲翔瀟灑於無際的境界，是受了光照的接引而顯現形貌，那麼就是詩形式的完成了。[37]

這樣以「水」、「火」為喻，且以「水」、「火」為祖的「文明的元始」，也出現在〈詩的文化三重奏——絲的語言；水的政治；花的國魂〉：

> 文明的元始：
> 「天地玄黃，宇宙洪荒」——自然聲響的世界：
> 颶風、洪水、地震、火山、雷電、野燎，到
> 「日月盈昃，辰宿列張」——永恆光照的宇宙
> 巫覡領袖的部族社會形成了。[38]

水有三態，液態時最大的活動空間是海洋、江河、湖泊，固態時的空間是陸地或極地，氣態的空間則為包覆整個地球的天空，散成煙嵐雲霞，天空的空間感又讓鄭愁予思及「詩人是人類的鳥族」，認為《莊子》書中的鵬與鯤，都是水的意象，因為鵬在沖雲飛翔，鯤在泳

---

37 鄭愁予：〈詩為什麼是水質的〉，《和平的衣缽：百年詩歌萬載承平》，頁312。

38 鄭愁予：〈詩的文化三重奏——絲的語言；水的政治；花的國魂〉，《和平的衣缽：百年詩歌萬載承平》，頁318。

海浮潛；楚文化裡的鳳凰圖騰，傳說是風的化身，風助火勢，所以與火關聯，歐西和東南亞鳳凰就是火神的意象，水可以克制火，因而鳳凰在中華文化中由剛性轉為陰柔，恢復鳥的端莊美豔，成為太平的吉祥物。[39]

綜觀鄭愁予有關華夏文明的啟創、詩的源頭，總是依循詩序、毛傳的傳統，聚焦於「水」與「火」不盡的糾纏，「水」是詩的內在本質與外在的聲律與意象之顯現，流洩於語言文字之中；「火」則是萬古詩心所傳留下來的「性靈」基因，從唐堯的〈擊壤歌〉、〈蠟詞〉、虞舜的〈南風歌〉、〈帝載歌〉、孔子的〈獲麟歌〉、屈原的〈離騷〉所傳留下來的「詩魂」。因此，所謂「性靈」，「性」是天生的性之善，憫人憐生的「天性」，大劑量放射出利他的大同情；「靈」是可以與上天取得靈通的人與自然的互動。這樣的性靈之說，詩魂傳統，也可以是「博愛」、「正氣」的投射。有大藝術能量的詩人，正好把仁與厚引作性靈的活水。性靈凝聚的民族魂，乃成為救亡的精神力量。[40]《和平的衣缽》中所一再閃現的就是這種水質性的抒情之作（鄭愁予稱之為游世之詩），內蘊著火質性的濟世之心，熱切的「博愛」的性靈。

楊牧（王靖獻，1940-）所撰〈鄭愁予傳奇〉是評論鄭愁予詩歌的經典之作，最早注視鄭愁予的水意象，楊牧藉由海洋詩的讚賞間接地論述了鄭愁予水意象的成就：「第七期（《現代詩》）出版，鄭愁予發表〈十一個新作品〉，包括〈島谷〉、〈貝勒維爾〉、〈水手刀〉和〈船長的獨步〉，從此水手刀變成鄭愁予的專利，一時使以海洋詩人知名的覃子豪（1912-1963）望洋興嘆。」[41]在《和平的衣缽》第九輯

39 鄭愁予：〈詩人又是人類的鳥族〉，《和平的衣缽：百年詩歌萬載承平》，頁324-325。

40 鄭愁予：〈為誰寫序？〉，《和平的衣缽：百年詩歌萬載承平》，頁37-39。

41 楊牧：〈鄭愁予傳奇〉，《幼獅文藝》第38卷3期，1973年9月，頁25。此文收入《鄭愁予選集》為此書之序，臺北市：志文出版社，1974。

「游世之詩」的第一首即為鄭愁予知名度最高的、包括〈錯誤〉與〈客來小城〉的〈小城連作〉，此詩論述者極多，不同的角度、向度均有令人驚喜的發現。[42]但依然可以再從「水」與「火」的質性加以討論。如〈錯誤〉詩中，「江南」是多水的江南，「蓮花」是水生的植物，「柳絮」是水邊的樹種，「寂寞的城」是被護城河的水所隔絕的孤島；〈客來小城〉詩中，「悠悠的流水如帶」、「三月的綠色如流水……」包圍了小城，而且《和平的衣缽》中的〈客來小城〉，鄭愁予又新加了一行獨立的詩句在詩的起頭處：「捨鞍韉兮取舟楫」，既遙遙呼應〈錯誤〉詩中水鄉澤國的「江南」、遠去的「馬蹄」，也為這首詩的水環境（流水如帶）加深了讀者印象。細讀〈小城連作〉這一組詩，既為情愛的無憑而惆悵，也為生命的無常而感傷，此一內涵正是憫人憐生的性靈抒發，火一般急切的心，此詩因而成為膾炙人口，有口皆碑的傳世名作。

再看寫作客體差異極大的兩首詩：〈賦別〉與〈殞石〉。〈賦別〉寫的是個人的小情愛，其中的水意象：雨、濱河的故居、濕了的外衣、沙灘太長、泉水滴自石隙、海洋、獨木橋，品類相當豐富而完整，但詩中的我所記掛的是「這世界，怕黑暗已真的成形了……」、「這世界，我仍體切地踏著」，並不因為是私情短詩而拘限於小我的情愛。[43]〈殞石〉，關懷的是火熱的星球——殞石冷卻後的寂寞，其中墜落的歷程與空間的書寫充滿水意象：故鄉的河邊、潮汐拍擊、薄霧垂縵、低靄舖錦、偎依水草、太空的黑等等，詩中的我轉化為殞石，關懷的是遠程思鄉的殞石的孤寂（那太空的黑與冷以及回聲的清晰與遼闊），關懷的是長程漫遊的殞石的勞累（偎依水草的殞石們乃有了

42 參閱蕭蕭、白靈、羅文玲編著：《錯誤的驚喜》（傳奇鄭愁予：鄭愁予詩學論集1），臺北市：萬卷樓圖書公司，2012。

43 鄭愁予：〈賦別〉，《和平的衣缽：百年詩歌萬載承平》，頁337-338。

短短的睡眠），[44]人與殞石的情意相互感通，這種「宇宙情懷」，除紀弦（路逾，1913-2013）外，臺灣詩壇少有詩人如此抒發。

接續〈殞石〉之後的〈生命〉，正表現了鄭愁予的生命觀，以「熄了燈的流星」的火質內涵，乘著「夜雨的微涼」的水質意象（還包括生命如雨點、在湖上激起一夜的迷霧），展現生命華美而短暫的旅程：

> 滑落過長空的下坡，我是熄了燈的流星
> 正乘夜雨的微涼，趕一程赴賭的路
> 待投擲的生命如雨點，在湖上激起一夜的迷霧
> 夠了，生命如此的短，竟短得如此的華美！[45]

《空間詩學》的作者巴舍拉（Gaston Bachelard, 1884-1962）曾經如此論述「靈魂」：「靈魂具有內在的光亮，我們的『內在靈視』（vision intérieure）認得這道光。」「靈魂透過詩的意象，說出自己的在場。」「它是初始的力量。它是人性的崇高處。」「它在詩意的內在之光照亮下，成了精神心智的素樸對象。」[46]「靈魂」在巴舍拉的論述裡是曖曖內含光的，是應該放在他的《火的精神分析》中討論的。查對鄭愁予所力倡的「博愛」、「正氣」的「性靈」，其水質詩篇中所閃現的光芒，不正是巴舍拉所說的「靈魂」的在場！

鄭愁予的詩心是溫熱的，他選擇「水」為鏡，照見人性的溫熱，性靈的光亮。正如香港學者溫羽貝所言：「水比鏡子更宜於作為反照

---

44 鄭愁予：〈殞石〉，《和平的衣缽：百年詩歌萬載承平》，頁339。

45 鄭愁予：〈生命〉，《和平的衣缽：百年詩歌萬載承平》，頁340。

46 〔法〕加斯東．巴舍拉（Gaston Bachelard），龔卓軍、王靜慧譯：《空間詩學》，臺北市：張老師文化事業公司，2003，頁40-41。

自身的工具，因為鏡子太過人工化，人們看得到鏡像，卻無法穿越鏡子。水則比較自然，人們不但可以望見水中的倒影，更可以和水中人合而為一。這樣，流水提供了一個『開放想像』（open imagination）的途徑。另外，鏡像過於穩定，失去了幻影的生命與美感，水則不然，流水搖曳的波紋有把影像理想化的特質。」[47]所以，「游世之詩」中多見水意象，卻也一再出現鄭愁予溫熱的詩心，如〈小小的島〉：「我便化作螢火蟲／以我的一生為你點盞燈」。〈水巷〉：「為你戚戚於小院的陰晴」。〈天窗〉：「我是北地忍不住的春天」。〈美的競爭〉：「你收攏的鳥鳴是袖中的鐘聲／我採集的蝶飛是繞肩的彩虹」。〈小溪〉：「我是一隻布穀」。〈如霧起時〉：「吹開睫毛引燈塔的光」。[48]

相對的，「濟世之詩」的「濟」字是內在的光熱化為積極的履踐，性靈的內涵在詩中躍躍欲動，如〈雨說〉：「你們嘴裏的那份甜呀，就是我祝福的心」。〈納木錯與念青古拉——水的意象湖〉：「為著蒼生大愛」。〈雁——青海水湈懷雁翼〉：「所以歌唱／呼喚人類大地孩子的回響」。〈雲豹之鄉落到人間〉：「我們聽著自己求偶的脈搏舞出火焰的熾烈」。〈舞在卿雲的天階下〉：「雲豹的肢體／是抽象了的／舞動的山嶽／血脈中流著／花的山谷香」。[49]

《和平的衣缽》中，鄭愁予以第九輯「游世之詩」、「濟世之詩」去證明「華夏水的文明是性靈之所本」，閃現水意象中的華夏光輝，如此清晰而光耀。

---

47 溫羽貝：〈表裡內外之失衡——測量鄭愁予詩歌的孤獨感〉，蕭蕭、白靈、羅文玲編著：《愁予的傳奇》，臺北市：萬卷樓圖書公司，2012，頁247-248。

48 鄭愁予：「游世之詩」，《和平的衣缽：百年詩歌萬載承平》，頁334-356。

49 鄭愁予：「濟世之詩」，《和平的衣缽：百年詩歌萬載承平》，頁357-380。

第五節　結語：不容所以相濟

鄭愁予《和平的衣缽》是他省思華夏文明的源頭與詩之起源、本質，所得出的詩與論的結合體，是他平日授課、演講的精華呈現，在此書中，他以性靈為詩的精魂，詩的原旨，將性靈當作傳統詩主流「神韻」、「肌理」、「興趣」、「境界」各派相承相繼之精神所寄，視性靈為詩的感動力量之放射體，那是一種內在的大愛的光芒，一種憫人濟世的胸懷，輝映著火一般的光與熱。當它呈現為詩的語言、韻律、節奏，卻是抒情意味濃厚的水意象，遙遙呼應著華夏水文明，其流暢、利捷，令人忍不住時時口誦心維，處處傳唱不停。

傳統五行理論中，如果除卻相生相剋的環環相扣之說，唯有「水」與「火」永遠保持著緊密的關係，其他各元素之間找不到可以繫連的關鍵詞，所以，水火不容、水火相濟的俗諺，騰傳於口耳之際。也就因為「水」與「火」的質性截然相反，所以才有相互助成的可能；因為「水」與「火」的質性如此不容，所以才有相互激盪、相互延展的張力。鄭愁予以這部詩、論合體的《和平的衣缽》，在黃昏裡掛起一盞燈，傳下詩人的行業，也傳下和平的衣缽。

參考文獻

一　中文書目（依作者姓氏筆畫序）

《孔子家語》　《文津閣四庫全書》　北京市　商務印書館　2006

〔魏〕宋均注　《春秋緯元命苞》　玉函山房輯佚書

〔東周〕列禦寇著　莊萬壽注譯　《新譯列子讀本》　臺北市　三民書局　2011

〔日〕安居香山、中村璋八輯　《緯書集成》　東京　明德出版社　1943

〔明〕朱熹　《詩經集注》　臺北市　華正書局有限公司　1996

〔西周〕李耳著　王弼注　紀昀校訂　《老子道德經》　臺北市　文史哲出版社　1990

孟子弟子著　焦循正義　《孟子正義》　臺北市　文津出版社　1988

〔東周〕屈原著　王逸章句　洪興祖補注　《楚辭章句補注》　臺北市　世界書局　1956

〔東周〕荀卿著　李滌生集釋　《荀子集釋》　臺北市　臺灣學生書局　1988　頁645

國立編譯館　《十三經注疏・毛詩正義》　臺北市　新文豐出版公司　2001

〔東周〕莊周著　郭慶藩集釋　《莊子集釋》　臺北市　華正書局有限公司　1997

〔東漢〕許慎著　段玉裁注　《說文解字注》　臺北市　藝文印書館　1970

黃永武　《中國詩學・思想篇》　臺北縣　巨流圖書有限公司　2004

〔東周〕管仲　《管子》　《文津閣四庫全書》　北京市　商務印書館　2006

〔漢〕鄭玄箋　《毛詩鄭箋》　臺北市　新興書局有限公司　1972
鄭愁予　《和平的衣缽：百年詩歌萬載承平》　新北市　財團法人周大觀文教基金會　2011
蕭　吉　《五行大義》　知不足叢書　臺北市　武陵出版有限公司　2003
蕭蕭、白靈、羅文玲編著　《錯誤的驚喜》（傳奇鄭愁予：鄭愁予詩學論集1）　臺北市　萬卷樓圖書公司　2013

二　中文篇目（依作者姓氏筆畫序）

范少琳　〈談《詩經》婚戀詩中的水意象及其文化意蘊〉　《牡丹江師範學院學報》　哲學社會科學版　2008年第5期　總第147期　2008
范少琳　〈談《詩經》婚戀詩中的水意象及其文化意蘊〉　《青海師專學報》　教育科學　2008年第1期
袁　琳　〈《詩經》中的情愛詩與水意象關係探微〉　《高等函授學報》　哲學社會科學版　第17卷第4期　2004年8月
康相坤　〈從水崇拜看《詩經》婚戀詩〉　《內蒙古民族大學學報》　社會科學版　第32卷第3期　2006年6月
楊　牧　〈鄭愁予傳奇〉　鄭愁予　《鄭愁予選集》　臺北市　志文出版社　1974
溫羽貝　〈表裡內外之失衡——測量鄭愁予詩歌的孤獨感〉　蕭蕭、白靈、羅文玲編著　《愁予的傳奇》　臺北市　萬卷樓圖書公司　2013

三　中譯書目

〔法〕加斯東・巴舍拉（Gaston Bachelard）著　龔卓軍、王靜慧譯　《空間詩學》　臺北市　張老師文化事業公司　2003

第四章
唯一的裹覆：
臺灣海洋詩研究

摘要

海洋是臺灣國土唯一的裹覆，但長期以來，臺灣的文化史觀、文學教育，概以傳統的「大陸國家」為其思考主軸；海洋文化原型及其符徵，通常用來作為個人生命修養、期許，人格特徵、人物品藻，以及對宇宙、人生哲學思考的依據。海，即使成為至大無邊的情思之所依託，也是縱遊於其上，而非縱入於其中。因此，海洋新詩的研究，讓我們發現：詩的第一個美學特質顯現為遠距離的以海為感性抒發之對象，其次則將海視為美感經驗之寄託，更進一步則是以海為理性思維之客體，借海以透露他的藝術觀點、人生哲學；特殊的海軍詩人，則以海為生活經驗之拓本。海，是地球表面最大的空間，因此以海作為宇宙生命之投影這種思考的詩人，也持續增加中。海，是水最大的容器，是水最大的自身，在物質詩學的思考中還有拓展的可能。

關鍵詞：臺灣海洋詩、海洋文化原型、海洋經驗、海洋象徵

第一節　傳統海洋文化原型

十九世紀末、二十世紀初，美國當時的國務卿海約翰曾預言：「地中海是過去之洋，大西洋是現在之洋，太平洋是未來之洋。」二十一世紀已經到來，二十一世紀正是太平洋躍上世界舞臺、鷹揚鳳翽的世紀。臺灣處在太平洋西緣中段的重要戰略位置，亞太經濟的重要樞紐，面對海域遼闊、海運便捷的太平洋，隨著太平洋時代的來臨，不能不思考如何從島嶼走向世界，從海洋邁向國際。特別是一九九二年在巴西首府召開的國際環境發展大會通過的《21世紀議程》（Agenda 21），指出：「海洋是全球生命支持系統的一個基本組成部分，也是一種有助於實現永續開發的寶貴財富」[1]，一九九四年十一月十六日聯合國所通過的《海洋法公約》開始生效，一九九八年聯合國將此年定為「國際海洋年」之後，臺灣——作為一個海洋國家，必須去維護國家的海洋權益，保衛國家的海洋資源，臺灣詩人——作為一個海洋國家的詩人，必須去了解海洋，重視海洋，觀察海洋，書寫海洋。

但是，長期以來，臺灣的文化史觀、文學教育，概以傳統的「大陸國家」為其思考主軸。海洋文化原型及其符徵，通常用來作為個人生命修養、期許，人格特徵、人物品藻，以及對宇宙、人生哲學思考的依據。老子說：「江海之所以為百谷王者，以其善下之，故能為百谷王。是以聖人欲上民，必以言下之；欲先民，必以身後之；是以聖人處上而民不重；處前而民不害。是以天下樂推而不厭。以其不爭，故天下莫能與之爭。」（《老子》六十六章）[2]以江海之處下，水之柔

1　劉達材：〈海洋的呼喚——21世紀為海洋世紀〉，《大海洋詩雜誌》56期，1998。

2　余培林注譯：《新譯老子讀本》，臺北市：三民書局，2006，頁134。

弱，水之利萬物而不爭，象徵弱之勝強、柔之勝剛，道常無為無不為的道家思想。孟子曰：「孔子，登東山而小魯，登泰山而小天下。故觀於海者難為水，遊於聖人之門者難為言。觀水有術，必觀其瀾。日月有明，容光必照焉。流水之為物也，不盈科不行。君子之志於道也，不成章不達。」（《孟子．盡心篇》）[3]以海之廣闊、深邃、充實、波瀾，象徵儒家聖人的人格之美，明示為學漸進之道。王充也說：「大川相間，小川相屬，東流歸海，故海大也。海不通於百川，安得巨大之名，夫人含百家之言，猶海懷百川之流也。」（《論衡．別通篇》）[4]以海因合流而為大，譬喻君子以博識為宏、以能容為勝。凡此皆以遙遠的海洋作為人文思考的憑藉，不是親水近海的生活經驗之啟發。

因此，傳統的海洋文學創作大約亦以此為軌範，最遠的屈原辭賦〈遠遊〉可以為例證：「經營四荒兮，周流六漠。上至列缺兮，降望大壑。下峥嶸而無地兮，上寥廓而無天。視儵忽而無見兮，聽惝怳而無聞。超無為以至清兮，與太初而為鄰。」[5]海，成為至大無邊的情思之所依託，縱遊於其上，而非縱入於其中。東漢班彪〈覽海賦〉：「覽滄海之茫茫，悟仲尼之乘桴。」[6]也是從海之茫茫，悟現實世界之不可恃，因而冥想與列仙神遊的玄思恍惚之境，終究是不曾近海、入海。三國時代曹操的《步出夏門行》（五章）中之〈觀滄海〉詩，描寫他在建安十二年秋率軍北征烏桓，路過碣石山，登山觀望渤海，見大海之雄奇壯闊，忍不住歌以詠之，昂揚的氣概，君臨天下的雄心大志，若在其中：

3　李學勤主編：《孟子注疏》，臺北市：臺灣古籍出版有限公司，2001，頁429-430。

4　蔡鎮楚注譯，周鳳五校閱：《新譯論衡讀本》，臺北市：三民書局，1997，頁673。

5　傅錫壬注譯：《新譯楚辭讀本》，臺北市：三民書局，2001，頁131。

6　李劍亮：〈中國古典詩賦中的「海」意象〉，《浙江海洋學院學報》（人文科學版）第16卷第3期，1999。

> 東臨碣石，以觀滄海。水何澹澹，山島竦峙。
> 樹木叢生，百草豐茂。秋風蕭瑟，洪波湧起。
> 日月之行，若出其中。星漢燦爛，若出其裡。
> 幸甚至哉，歌以詠志。[7]

曹操威震四海的雄大才略，開創時局的偉岸氣象，在此詩中約略可窺，海洋的澎湃、廣袤，在傳統詩中也才有比較具體的形象。其後，魏晉詩人曹丕、潘岳的〈滄海賦〉，孫綽的〈望海賦〉，伏滔的〈望濤賦〉，南北朝張融的〈海賦〉，謝朓的〈望海詩〉，梁簡文帝的〈詠海〉小賦，甚至於唐朝宋之問、孟浩然、白居易，宋代張先、蘇軾、賀鑄的詩詞，雖然也掌握了海波壯闊的雄偉氣象，寄寓著內心翻騰不已的情思，但從其題目已可窺出，不外乎「望」與「詠」而已！海，仍然在遙遠的東方！

執此以觀古典文學批評，海，仍然是超經驗的意象，橫廓無匹的同義詞，博大雄渾的徵象。

劉勰：

> 登山則情滿於山，觀海則意溢於海。(《文心雕龍・神思篇》)[8]
> 至如氣貌山海。(〈夸飾篇〉)[9]
> 倒海探珠，傾崑取琰，曠而不溢，奢而無玷。(〈夸飾篇〉)。[10]

---

7 袁行霈主編：《歷代名篇鑒賞・上》，臺北市：五南圖書出版公司，2002，頁314-315。

8 〔南朝梁〕劉勰：《文心雕龍注》，臺北市：宏業書局，1982，頁493-494。

9 〔南朝梁〕劉勰：《文心雕龍注》，臺北市：宏業書局，1982，頁609。

10 〔南朝梁〕劉勰：《文心雕龍注》，臺北市：宏業書局，1982，頁609。

司空圖：

> 海風碧雲，夜渚明月，如有佳語，大河前橫。(《二十四詩品·沉著》)[11]
>
> 悠悠空塵，忽忽海漚，淺深聚散，萬取一收。(《二十四詩品·含蓄》)[12]
>
> 天風浪浪，海山蒼蒼。真力瀰漫，萬象在旁。(《二十四詩品·豪放》)[13]

海在傳統詩文學中的美學特色，大抵若是。以這樣的詩學教養，面對四周環海的臺灣，顯然有所不足，現代詩人必須另闢蹊徑，尋求海洋臺灣的美學特質。

第二節　以海為感性抒發之對象

臺灣海洋詩的寫作，嚴格說來，成果並不豐碩，李南衡主編的《日據下臺灣新文學·詩選集》收入一四一首詩，其中只有楊華〈西子灣〉、嵐映（荊南）〈海風〉、夢痕〈雜詠〉、漂舟〈討海人〉等四首詩，是以海洋為主題的詩篇[14]。張默、蕭蕭主編的《新詩三百首》收入詩篇三三六首，其中也只有四首詩是海洋詩，而且，孫毓堂〈漁夫〉、陳靜容〈海〉，屬大陸前期作品，唯汪啟疆〈馬公潮水〉、林燿德〈蚵女寫真〉為臺灣作品。[15]

---

11 〔唐〕司空圖：《二十四詩品》，臺北市：金楓出版有限公司，1999，頁54。

12 〔唐〕司空圖：《二十四詩品》，臺北市：金楓出版有限公司，1999，頁74。

13 〔唐〕司空圖：《二十四詩品》，臺北市：金楓出版有限公司，1999，頁77。

14 李南衡主編：《日據下臺灣新文學·詩選集》，臺北市：明潭出版社，1979。

15 張默、蕭蕭主編：《新詩三百首》，臺北市：九歌出版社，1995。

究其原因，應該是以下五點歷史背景所造致。其一，臺灣先民自唐山橫渡黑水溝而來，暴風巨浪，險惡無比，親人葬身海域者不計其數，這種慘痛的記憶深埋內心，成為子孫永遠的惡夢，海，遂成為禁忌。其二，日據時期，日本政府為有效掌握海洋經濟資源，實施海禁；終戰後，國民政府為有效控制臺灣全島，防止外敵入侵，實施海禁；一百多年的海禁政策，使臺灣人民失去與海親近的機會，海，依然是禁忌。其三，長期的大陸文化、內陸生活習慣之傳承，長期的「大中國」文化史觀、文學教育之束縛，臺灣人對海的認知態度不甚積極。其四，漢民族習慣農耕生活已久，安土重遷，向來不喜歡隨波逐浪，不擅長侶魚友蝦。其五，來自南洋文化體系的原住民，除了蘭嶼達悟族仍然保留依海為生的文化傳承，臺灣本島的原住民從海邊、平原移居高山，已逐漸忘卻海洋生活經驗，歌詩海洋，自不多見。

自一九二四年四月十日出版的《臺灣》雜誌第五年第一號，發表追風（謝春木）以日文寫成的〈模仿詩作〉以來，全本皆以海洋為主題的詩集，首推一九五三年四月覃子豪的《海洋詩抄》，[16]為海洋詩之寫作推湧出第一個大浪。其後，朱學恕踵繼其學，於一九七五年十月創刊《大海洋詩刊》，出版《海嫁》、《海之組曲》、《飲浪的人》等詩集，[17]為海洋詩之創作與理論貢獻心力，並編輯《中國海洋詩選》，[18]與林燿德所編的《海是地球的第一個名字──中國現代海洋詩選》，[19]前後輝映，為臺灣海洋詩留下珍貴篇章。

---

16 覃子豪：《海洋詩抄》，臺北市：新詩周刊，1953。為覃子豪在臺出版之第一本詩集，後收入《覃子豪全集．I》，臺北市：覃子豪全集出版委員會，1965。

17 朱學恕：《海嫁》，高雄市：讀者書局，1971。《海之組曲》，高雄市：山水詩社，1975。《飲浪的人》，高雄市：大海洋文藝社，1986。

18 朱學恕編：《中國海洋詩選》，高雄市：大海洋文藝社，1985。

19 林燿德編：《海是地球的第一個名字──中國現代海洋詩選》，臺北市：號角出版社，1987。

臺灣詩人因為疏於與海親近，詩的第一個美學特質顯現為遠距離的以海為感性抒發之對象，以楊華〈西子灣〉[20]為例：

若是穿過磅空（隧道），
來到西子灣——
西子灣的浪花，
充滿了女兒的情緒！
「壽山月白無人問，
卻似西施未嫁時。」
立在西子灣頭，
領略處女的讚詩！

楊華以西子讚頌西子灣（壽山月白無人問，卻似西施未嫁時），以處女的純潔讚頌浪花（西子灣的浪花，充滿了女兒的情緒！），將海擬人化。或者說，楊華以西子灣的浪花讚頌處女（立在西子灣頭，領略處女的讚詩！），海成為他感性抒發之對象。這樣的美學特質顯現在覃子豪的《海洋詩抄》，揮灑得更為淋漓盡致。請看覃子豪寫的〈貝殼〉：

詩人高克多說
他的耳朵是貝殼
充滿了海的音響
我說
貝殼是我的耳朵

20 楊華：〈西子灣〉，見李南衡主編：《日據下臺灣新文學・詩選集》，臺北市：明潭出版社，1979，頁73。

我有無數耳朵
在聽海的秘密[21]

覃子豪寫〈貝殼〉，引用高克多的話：我的耳朵是貝殼，充滿了海的音響。然後再改寫為：貝殼是我的耳朵，我有無數的耳朵在聽海的秘密。在高克多，耳朵像貝殼，是一種形象的譬喻；在覃子豪，貝殼是我的耳朵，則是一種形象的延伸，從耳朵衍化為貝殼，從一對貝殼衍化為無數的貝殼。使讀者在「耳朵是貝殼」、「貝殼是耳朵」之間，來回辯證，產生更多的情趣，更多想像空間。

在覃子豪的詩中，海有無數的秘密，將海當作是感性情愫寄託的客體，可以聽，可以看，可以問，可以想的客體。楊華在「西子灣⟷西施處女」二者之間來回馳思，覃子豪在「耳朵⟷貝殼」二者之間來回馳思，海的秘密與女兒的情緒，等同處理。因此，覃子豪在〈憶〉這首詩中，說：「我常常把記憶／沉入深深的海底／而在這失眠的夜裡／我要把逝去的記憶／從被遺忘的海底撈起」、「記憶是珍珠／記憶是珊瑚／最愉快的記憶／像五色繽紛的魚群／在墨綠色的海藻間游泳」記憶之美等同於海底之美，時時向記憶深處探尋，也就是時時向海底深處探尋。海，是詩人一輩子傾訴、寄情之所在，挖掘「美」之所出的地方。

楊華的〈西子灣〉發表於一九三二年四月，六十年後，余光中寫〈西子灣的黃昏〉，[22]應用的素材更繁複，美感汲取的向度更開闊，但是，以海為感發的對象，嘆時間之一去不回，覺意志之不可放棄，仍然是詩人相類似、相傳續的一種美學特質。

---

21 覃子豪：〈貝殼〉，見《覃子豪全集．1》，臺北市：覃子豪全集出版委員會，1965，頁139。〈憶〉，頁138。

22 余光中：〈西子灣的黃昏〉，《五行無阻》，臺北市：九歌出版社，1998。

幾隻貨櫃船出港去追趕落日
在快要追上的一刻
——甲板都幾乎起火了
卻讓那大火球水遁而去
著魔的船隻一分神，一艘
接一艘都出了水平界外
只剩下半截晚霞斜曳著黃昏
直到昏多於黃，洩漏出星光
敻遼的冷輝壁照著天穹
似乎在探索落日的下落
而無論星光怎樣地猜疑
或是濤聲怎樣地惋惜
落日是喊不回魂的了
這原是一切故事的結局，海說
朝西的窗子似乎都同意
只有不甘放棄的白堤
仍擎著一盞小燈，終夜
向遠方伸出長臂

詩人接近海，親近海，自然就會愛上海。楊華時代單純地以處女西施為喻，覃子豪則引西方文學典故為端緒，余光中回歸現實，以二十世紀的貨櫃輪行過海上，不過我們也看到永遠不變的大海景象：落日、晚霞、星光、濤聲、長堤，而這也就是海之所以使人迷戀不已的地方。覃子豪在《海洋詩抄》的〈題記〉裡坦承愛海的原因：「森林，草原，河流，山嶽，各有其特性和美；但在我心中並沒有佔著很重要的地位。我只有對海的印像特別深刻。豪放，深沉，美麗，溫柔的海，比人類的感情和個性更為複雜，不能歸入靜的或是動的一種類型。它是複雜而又單純，暴躁而又平和，它是人類所有一切情感和個性底總合，它的外貌和內在含蓄有無盡的美。是上帝創造自然的唯一的傑作。它是摹仿人類的情感，而對人類的心靈卻又是創造的啟示。它充滿著不可思議的魅力；比森林神秘，比草原曠達，比河流狂放，比山嶽沉靜。是自然界最原始的祖先，也是給人類帶來近代文化的驕子。」[23]因此，海成為詩人抒發情意、寄寓理想的最佳對象。

第三節　以海為美感經驗之寄託

繼覃子豪之後，戮力海洋詩篇之創作，積極有成的詩人，當推鄭愁予、瘂弦二人。一九五五年鄭愁予出版《夢土上》詩集，[24]其中第四輯為〈船長的獨步〉，一九五九年瘂弦出版《瘂弦詩抄》，[25]其中第三輯為〈無譜之歌〉，此二輯詩作大都以海洋為主題，可以作為一般詩人歌詠海洋的具體範式，探索臺灣海洋詩美學的範本。

我從海上來，帶回航海的二十二顆星
你問我航海的事兒，我仰天笑了……。[26]

---

23 覃子豪：〈題記〉，《覃子豪全集．1》，臺北市：覃子豪全集出版委員會，1965，頁？。

24 鄭愁予：〈如霧起時〉，《夢土上》，臺北市：現代詩社，1955。後收入《鄭愁予詩集I（1951-1968）》，臺北市：洪範書店，1986。

25 瘂弦：《瘂弦詩抄》，香港：香港國際圖書，1959。後經整編收入《瘂弦詩集》，臺北市：洪範書店，1981，為瘂弦詩作之定本。本文所舉鄭愁予、瘂弦詩例，均出自洪範版《鄭愁予詩集I（1951-1968）》、《瘂弦詩集》。

26 鄭愁予：：〈如霧起時〉，《鄭愁予詩集》，臺北市：洪範書店，1986，頁99-100。

這是鄭愁予〈如霧起時〉的首二句，瀟灑、浪漫的情懷，介乎現實與想像的韻味，正是將海上印象與美感經驗疊合的最佳詩例。鄭愁予、瘂弦的海洋詩篇大抵若是。他們兩人都有海上航行的經歷，但這樣的經歷比起他們的陸地經驗自是微乎其微，因而他們可以有較為優遊的心境反觀海洋行旅，保持美感距離。

寫作海洋詩篇，不外乎燈塔、沙灘、浪濤、海灣，但在鄭愁予詩中，卻不是這些自然景觀單獨存在，他會將自然景觀與人文現象、情感意涵，相互對映，巧妙融揉。把〈船長的獨步〉輯中詩作，加以比襯，可以看到鄭愁予獨創的美學特質是經由聲色兼呈的意象而顯現：

1 海島是海洋的隱宮
2 小魚的泡沫是我的足音
3 我拾著貝殼，／像採集著花束向你走近
4 你使我如此地驚喜，／原來竟是這麼個黑裙的小精靈
5 若非夜鳥翅聲的驚醒／船長，你必向北方的故鄉滑去……
6 整個的春天你都停泊著／說要載的花蜜太多
7 敲叮叮的耳環在濃密的髮叢找航路
8 用最細最細的噓息，吹開睫毛引燈塔的光

這樣「天人合一」的句子有如碎錦，在鄭愁予的海洋詩篇中叮噹閃亮。碎錦如是，整疋湘繡則更為燦美。引一首六行的詩〈海灣〉，見證：當一般詩人以海灣為吐露情愁的對象，鄭愁予則將海灣視為美感經驗之寄託。自然的是海灣，卻也是擬人的「美」的化身：

瀚漠與奔雲的混血兒悄步於我底窗外，
這潑野的姑娘已禮貌地按下了裙子。

可為啥不抬起你底臉，
你愛春日的小瞌睡？
你不知岸石是調情的手，
正微微掀你裙角的彩綺！[27]

此六行詩句是自然海灣的讚嘆，未嘗不是詩人心中「美」的意象化，「美」的美感經驗之所寄託。此詩中，海是瀚漠（廣度）與奔雲（速度）的混血兒，海是潑野的姑娘，有姑娘之靜，復有潑野之動，此時卻又禮貌地按下了裙子，文明與野性的雙重屬性正是海的屬性。岸石應是靜，卻正在掀起海的裙角，動靜的腳色互換，靜者與動者的互動之美貼切地呈現在眼前。

海灣是自然景觀，卻也呈現了人文之美，如果是人文產物，當又寄寓著更豐碩的詩、情、畫、意。水手刀，海上行船必備之物，在鄭愁予的海洋詩中，儼然是水手一生情感與生活的具體而微的徵象，鄭愁予的〈水手刀〉，只有兩段，每段五行，情感的抒寫與海洋的書寫融融疊合，水手刀揮斷情絲，也揮別了島與夜星；水手刀用在寂寞、歡樂，也用在桅蓬、繩索：

長春藤一樣熱帶的情絲
揮一揮手即斷了
揮沉了處子般的款擺著綠的島
揮沉了半個夜的星星
揮出一程風雨來

27 鄭愁予：〈海灣〉，《鄭愁予詩集I（1951-1968）》，臺北市：洪範書店，1986，頁89。

一把古老的水手刀
被離別磨亮
被用於寂寞，被用於歡樂
被用於航向一切逆風的
桅蓬與繩索……。[28]

鄭愁予的詩是柔美的美，瘂弦則類近於壯美之美，隱藏著現實感、現實的批判；鄭詩是近海的女性書寫，瘂弦則出走遠洋，感覺海洋另一種暈眩的美感經驗，如〈遠洋感覺〉第三段，描寫大海中暈眩的不適，應用兒時搖籃、鞦韆的擺盪，以圖像的方式加強鐘擺來回不斷的不安動盪，令人讚賞：

時間
鐘擺。鞦韆
木馬。搖籃
時間[29]

第四段寫暈船時肉體之躁動不安，隱喻人離開泥土（家園）的失落、迷惘、煩躁，甚逼其真：「腦漿的流動、顛倒／攪動一些雙腳接觸泥土時代的殘憶／殘憶，殘憶的流動和顛倒」。

瘂弦的海洋詩相較於鄭愁予的作品，更具現實性與時代感。如〈船中之鼠〉可能隱喻著一九四九年的大遷徙（鼠竄？）：

---

28 鄭愁予：〈水手刀〉，《鄭愁予詩集I（1951-1968）》，臺北市：洪範書店，1986，頁98。

29 瘂弦：〈遠洋感覺〉，《瘂弦詩集》，臺北市：洪範書店，1981，頁72。

妻總說那次狂奔是明智的
也許，貓的恐懼是遠了

我說，那更糟
有一些礁區
我們知道
而船長不知道[30]

船長可能不知道，生活在臺灣島上的我們卻不能不知道，不能不透過詩人的美感經驗、隱晦譬喻，認識歷史的真相。詩人有其特殊的美感經驗，也不妨以其理性思維紀錄真實的人生與歷史。

第四節　以海為理性思維之客體

詩人當然更可能以海為理性思維之客體，借海以透露他的藝術觀點、人生哲學。如羅門的〈海〉、羅青的〈多次觀滄海之後再觀滄海〉，他們所書寫的海不是現實中的海，海是他們冥想的空間，海是他們借喻的客體。

只有讓鋼琴聲走到深夜裡去
我才能走入你藍色的幽遠

那透明的空闊
已忘形成風[31]

30 瘂弦：〈船中之鼠〉，《瘂弦詩集》，臺北市：洪範書店，1981，頁75-76。

海的空間
解構成無數的浪的空間
一波波永不止境的
　　　存在與變化
直至世界空靜下來
走出東西南北
一個無邊無際的白色空間
便再舒放出另一個
　　無所不在的海[32]

羅門的海，可以是心中的海，可以是藝術的海；是心的幽靜，是藝術無限的創意；雖然這樣的意念來自海的形象，但不以海的形象為唯一的依歸，不停止於海的實質形象而滿足。

羅青的〈多次觀滄海之後再觀滄海〉[33]則以後現代主義的寫作技巧，反諷曹操以降之觀滄海者，到底從平平坦坦的大海上看到了什麼。實際上可能什麼也沒看到。這樣的一首詩不是從海洋意象誘引讀者，羅青自己也不一定從海洋觀察之中有著某種程度的悟醒，他借曹操登山觀海並且寫出〈觀滄海〉詩之事，點明大部分的人，看，不一定有所見；聽，不一定有所聞；就此詩而言，羅青在詩中也未曾有所見聞。此詩後附之註，雖曾言及曹孟德之詩，但羅青詩中也不曾用其典。因此，在此節論述以海為思維客體的篇章中，錄影此詩以論詩學，或許也可視為詭異的後現代現象：

31 羅門：〈海〉，《羅門詩選》，臺北市：洪範書店，1984。

32 羅門：〈無所不在的海〉，《誰能買下這條天地線》，臺北市：文史哲出版社，1993。

33 羅青：〈多次觀滄海之後再觀滄海〉，《錄影詩學》，臺北市：書林出版有限公司，1988。

平平坦坦的大海上
好像什麼都沒有

好像什麼都沒有的大海上
居然真的什麼沒有

就是因為原來什麼都沒有
才知道根本什麼都沒有

可是平平坦坦的大海之上
的確什麼都沒有嗎？

什麼都沒有的海上啊
當然是什麼都沒有

平平坦坦的大海之上
果然渾然自自然的是什麼都沒有

羅門說：那透明的空闊已忘形成風。

羅門說：一個無邊無際的白色空間便再舒放出另一個無所不在的海。

羅青說：平平坦坦的大海之上果然渾然自自然的是什麼都沒有。

海，空闊，什麼都沒有，所以也就可以無所不在。詩人在以海為理性思維之客體時，其實已符應道家的美學特質，道家美學所期望企及的是生命的和諧狀態，因此，不會去思考內容之實質為何，不會去計較意義、目標、方向、價值為何。有形 → 忘形 → 無形 → 無。海，作為一個完整的生命來思考，那空闊，那無為而無不為，是詩，是道家美學的最佳符碼。

仁者樂山，智者樂水。山，有固定的型態；水，似有形實無形。山，有所堅持；水，隨物而成形。山是仁者，是儒家美學的實踐者；水是智者，是道家美學的表演者。海是地球上最大的水，最大的開放空間，在羅門、羅青之外，海洋詩人還有極大的揮灑天地。不入乎其內，不能認識真正的海；不出乎其外，不能看見整全的海。海，千年萬載環繞著臺灣，以不言之言，等待詩人和他對談。

第五節　以海為生活經驗之拓本

有些詩人長時期與海為伍，海邊、海上的生活，單調而又澎湃，視可以遠而思亦遠，此時，陸地生活的情牽意縈，繽紛璀璨，如影之隨形，海與陸兩相激盪，豈能無詩？因此，在此節中，將以曾經任職海軍的詩人為論述對象，因為，在臺灣現代詩壇中，尚未出現捕魚為業的詩人，這些海軍詩人則是曾經將海洋納入生命，從其中叩取永恆的人。

張默，一九五〇年開始，在海軍服役二十二年，早年曾有〈關於海喲〉之作，一九九八年，退役十六年之後，張默仍無法忘情於海，新作〈海之臉十行〉，[34]將五十年之間人與海的相繫相連相戀，深情表露：

海，是你在挑逗我嗎
那是一九四九年三月的某一天黃昏

34 張默：〈海之臉十行〉，《大海洋詩雜誌》，1998。

在濁浪排空的黃浦江邊
俺，第一次深情款款的望著你
望著你，我被你五光十色細長的幻影驚呆了

海，是你在奚落我嗎
那是一九九八年一月的某一深夜
鵝鑾鼻燈塔熊熊的探照下
俺是N次方冷冷的逼視你
逼視你，我清醒的躺在你高聳的額上睡著了

五十年前，黃埔江邊濁浪排空，張默被海所誘引，深情款款注視著海，這是他與海、海軍、臺灣繫緣的開始，從大陸出走到海洋、海島，五十年後，他所描寫的臺灣是一個有光的地方（鵝鑾鼻燈塔熊熊探照），可以清醒而無憂地睡眠。海的臉一樣年輕，海的子民卻老了！不過，卻從濁浪排空的江邊，來到可以無憂睡眠的海邊，五十年的時空轉換，暗喻著生命追尋的歷程中，理想達致，心境恬適的滿足感。臺灣海峽寄寓著一個詩人生命時空的轉折與生命追尋的完成。

創辦《大海洋詩雜誌》的朱學恕（1934-），海軍官校及海洋學院畢業，任軍職再任教職，均與海洋有關，他在一九九八年七月出刊的《大海洋詩雜誌》上發表〈礁石〉一詩，仍隱隱約約以礁石為喻，與海相守寂寞：「在海邊／躬身坐在寂寞裡的老人／被陣陣浪般回憶捶撻著／呼痛／像沙鷗呼叫般悽美。」[35]數十年生命與海為伍，海已經是生活經驗的拓本，不論多寂寞，也要在海邊躬身坐著，讓自己感受到海的存在，自己才算存在。

35 朱學恕：〈礁石〉，《大海洋詩雜誌》，1998年7月。

劉克襄不是職業軍人，但他以常民的身分進入軍營，所見自有不同，《在測天島》[36]詩集中，他描寫海上兄弟、海軍上尉，環繞著「海」、「軍」而寫，著墨甚多，比起終身與海為伍的軍人，反而為海軍生涯留下更豐盛的篇章，為海軍兄弟留下更真實的心聲，以〈在測天島〉為例：

整個上午，衛兵看見一隻海鳥
他們因爭論海鳥而打架

一名水兵持槍闖入艦長室
最後哭著跑出來

有人跳入海裏游往對岸的小島
許多水兵以游回的時間下賭注

這種事像東北風每天吹
夜深後，如鬼泣徘徊船艙

每個人都期待重新出海
每個人又擔心外海的風浪

冬天時戰艦駐防測天島
那兒只有荒土、兵舍，只有男人……。

36 劉克襄：〈在測天島〉，《在測天島》，臺北市：前衛出版社，1986。

「每個人都期待重新出發／每個人又擔心外海的風浪」，簡單的兩句話，卻也說盡了人類對海的無比的嚮往與無名的恐懼。

張默退伍了，劉克襄退伍了，不過，在海軍陣營裡有一位永遠的軍人、永遠的詩人──汪啟疆，真正為臺灣的海洋詩注入新的生機。汪啟疆，一九四四年出生，海軍現役將領，畢業於海軍官校、三軍大學海軍學院，歷任戰術教官、艦長、艦隊長等職，現任三軍大學海軍學院院長。曾出版過四本詩集[37]，雖然四本詩集之作不全是海洋詩篇，但海洋意象已完全溶入詩中，血肉肌骨，無可析離。洛夫曾說：「汪啟疆的創造力大部分有賴於海軍生活所形成的壓力；換言之，他時時縈迴於邏輯思維之內，日夕沉浸於操課訓練之間，只要偶爾獨對碧海青天，浩月繁星，他便與天地自然融為一體。大海容易使人忘記時間的壓力，使人變得單純而無邪，〈夢幻航行〉、〈川流與大海〉等詩最能說明這種感受。每當詩人沉湎於自然美景時，便不免產生一種衝動，希望透過審美意象來表現內在的審美感興，這就是汪啟疆靈感的泉源，同時也形成了他的風格。事實上，長期的既嚴酷而又浪漫的驚濤駭浪的海上生活，正是形成他那豪獷中帶有柔情的主要風格的因素，也是培養他那堅毅、坦蕩、篤實、熱情的個性的外在力量，這些，都從他的詩中投射而出。」張默亦云：「由於汪啟疆長年風風雨雨生活在海上，是故他對海洋的觀察體驗與感受，自與一般人不同。他的確是把廣大無邊的海當作是自己的母親、老友、妻子或兒女，海更是他心靈的『藍土壤』，日常生活的『鏡子』，以及身邊的『童話書』……。」[38]

---

37 汪啟疆：《夢中之河》，臺北市：黎明文化公司，1979；《海洋姓氏》，臺北市：尚書文化公司，1990；《海上的狩獵季節》，臺北市：九歌出版社，1995；《藍色水手》，臺北市：黎明文化公司，1996。

38 引自汪啟疆：《海上的狩獵季節》洛夫的序、張默的跋。

汪啟疆的詩有著異於常人的意象創造，〈海的莎樂美〉是他早期的詩篇，浪漫快節奏的氣氛中，他創造了崩陷的海原、少年骸骨、透明的紋皺，看見海的殘酷本質：「她胸脯是水手崩陷的海原／浪沫從少年骸骨滾滾淹過／這就是冬季的臺灣海峽／海，青青的臉色放縱出千種透明了紋皺的激情／藏在美麗裡的驚悸／我窺見這份絕豔／她是絕豔的莎樂美」。[39]汪啟疆所認知的海不是一般人所認知的純純之美，因為他真正如犁犁進大地一般犁進大海。他說：

> 我是個海軍軍官，波濤滌盪的歲月有如滴水穿石般磨著我頗多紋皺的額頭，生活在洶湧幻變的大海上，心就自然而然去苦苦抓住精神的根。刺激和寂寞孿生的矛盾使我養成這種拿筆同自己談話，往內裡去傾聽胸膛山河，肝膽熱度的習慣。[40]

軍人的堅韌，海的變幻，詩人的想像，三者如何去冶煉、鍛燒？如何去鎔接、陶鑄？一個詩人的深情、細緻，一大片海洋的孤寂、野性，一個將軍的重任、嚴謹，三者之間又該如何調適？以這樣的外在條件而言，汪啟疆處在必將成為大詩人的有利環境。就拿以海為生活經驗之拓本來論，他的〈夢幻航行〉是三十年前之我與今日之我相遇（時間夢幻），是迷路（陸）的昔日之我與（海）艦長之我相遇（空間夢幻），是瑰麗的時間流逝（另一種航行），也是少年曾經的自我期許（今日之幻與少年之夢），是念舊（過去如夢如幻），也是對未來的惶恐（未來仍在航行中），如此多重曝光、疊合，窈杳、不定，正是海洋的重要屬性。深入海洋之中，優遊洪瀾之上，汪啟疆之所拓，是真不同於曹操式的岸上之觀。

39 汪啟疆：〈海的莎樂美〉，《夢中之河》，頁126。

40 汪啟疆：〈後記〉，《夢中之河》。

即使是岸上之觀，汪啟疆依然是深入深思，以狩獵之姿，攫捕於一瞬之間，即使是平凡事物，也要探其虎穴，取其精以宏其用。譬如沙灘、潮汐，一般生活經驗僅及於沙灘之美與廣袤，潮汐知所進退之信與智，汪啟疆則讓二者對話，以濤湧氣豪展現情熱心熱，詩題叫〈潮汐和沙灘閒話〉，[41]其實何止是閒話而已！

潮汐說：
我來了
潮水裏我臉頰發燙而激情
我夥同那麼多個我，成排的
來了。
一份愛，一份遙遠的傳遞
肉體內癱退——湧進的歲月之戰
我都帶來了
用每一根燙熱手指按進你們等待的纖細裏……

沙灘說：
我的每粒沙礫分隔
恆向無垠之海展示我們的
坦白。千萬的聚集群體
向海回應所撥盪的情愛。
任何一粒沙，都
喊：以腳步留印額頭
以心跳與重量壓我身上

41 汪啟疆：〈潮汐和沙灘閒話〉，《海上的狩獵季節》，頁100。

以雲、雨、厚厚薄薄的一層層觸探
　　在我周遭起伏，甚至
讓貝殼遺忘的插滿背脊。

潮水潮汐應是冰冷的，但在軍人沸騰的胸腔中，卻可以成為發燙的臉、發燙的手指；沙灘平展而無所覺，卻也可以回應大海所撥盪、發燙的愛，而且以坦白、坦蕩蕩的軍人心胸來示意。汪啟疆以軍人的熱血沸騰海水，創造新的美學特質，迥異於一般文人詩篇，為海洋詩添寫新頁。不過，詩人不可失卻人的本性，軍人也不可失卻人的本質；海上軍人來自陸地，陸地的意象在汪啟疆的海洋詩中自會與海洋意象疊合，豐收的金黃稻穗多次在汪啟疆詩中出現，如〈海上廩倉〉、〈槍帆一兵楊木土〉等詩，就是陸地生活與文化經驗之直接承傳與移植，試看〈海上廩倉〉[42]如何以陸上意象寫海洋之美，最後歸結於人性深處靈魂的呼喚：

閃動的、凝聚的、推擠的、你　和你們
成熟了
那盈目金黃色滿堆的廩倉自東方打開了
發燙而灼額
燒到
眉睫了

太陽持續將大廩倉內
那天宇潑開的殼海抖開來

42 汪啟疆：〈海上廩倉〉，《藍色水手》，頁87。

萬千億粒、持續生長的
稻穗，在舔觸、摩擦、傳遞訊息
不斷發言、不斷閃耀
飽滿而又豐實

如女子哺育之乳房抑息
在日出、日午、與日落之處
光暈不斷滲入海的肌膚
禾浪奔馳、田畝無涯，透過
發自靈魂的巨大呼喊……
竟也流動搖曳
在萬千穀粒的回應中。

汪啟疆以豐富的海上生活經驗，以難得的軍旅生涯，充實了臺灣海洋詩的內涵與視野，繼覃子豪海洋詩的感性美、鄭愁予海洋詩的創造美之後，為臺灣海洋詩掀起最壯闊的巨浪！

第六節　以海為宇宙生命之投影

一九七五年十月十日《大海洋》詩刊創刊號，朱學恕撰寫發刊詞〈開拓海洋文學的新境界〉，曾揭示海洋的四大功能：一、多彩的人生，情感的海洋。二、內在的視聽，思想的海洋。三、靈智的覺醒，禪理的海洋。四、真實的水性，體驗的海洋。以此四項功能，檢驗臺灣海洋詩，或許可以拿以下詩人的詩篇為張本：

情感的海洋：覃子豪、鄭愁予、瘂弦、余光中

思想的海洋：羅門、羅青

禪理的海洋：（缺）

體驗的海洋：朱學恕、張默、劉克襄、汪啟疆

此四項功能中，獨缺禪理詩篇，其實禪理詩篇也可納入思想之中，不必另立一類，詩中要能涵蘊思想已不多見，更何況是不立文字、教外別傳的禪思理趣之作，自然了不可得。朱學恕所懸的理想未免太高超。

因此，在本節中，我們將海洋詩的視野拉回現實生活裡，不談水手，不論思理，要從常民生活中去發覺海洋詩的美學特質。只是，有趣的是，與禪理詩相對的寫實詩，竟然亦付諸闕如。我們不容易發現為漁民生計而費心的詩人，捕魚為業的人不一定是詩人，但詩人何以能不為漁夫請命？望著海的人，為海讚嘆！望海的人，為海悲嘆！詩人何以不知？

所幸，詩人人道主義的理想仍然會在詩中閃現。以海洋為宇宙生命之投影，如李魁賢的〈海邊暮情〉，[43]岩上的〈岸〉；[44]以海洋生物為關懷之對象，如許悔之的〈擱淺的鯨魚〉，[45]陳義芝的〈鯨〉。[46]都是關懷生命、尊重生命而能以海為其寓意之所寄託。

鯨，海中最大的哺乳類動物，在生命的門類歸屬上，與人類相近，因此，生命氣息的會通，彷彿也就有了可以交集的地方。特別是近年來，臺灣發現鯨魚、注意鯨魚、親近鯨魚的活動，十分熱烈。許悔之在一九九二年開始重視臺灣海洋生態，關注鯨魚的生存權利，陸續寫作有關鯨魚的詩篇，投入鯨魚生態的了解與報導。陳義芝則以四

43 李魁賢：〈海邊暮情〉，《黃昏的意象1．抒情意象》，臺北縣：臺北縣政府文化局，1993。

44 岩上：〈岸〉，《岩上八行詩》，高雄市：派色文化，1997。

45 許悔之：〈擱淺的鯨魚〉，《肉身》，臺北市：皇冠文學，1993。

46 陳義芝：〈鯨〉，《不安的居住》，臺北市：九歌出版社，1998。

節的一首〈鯨〉，寫鯨在大海中引領透明的小浪（第一節），鯨如神一樣令人仰望（第二節），鯨與鳥與魚在海上共生的生命奇象（第三節），最後的一節則以孤獨與悲，象徵鯨與人無可或免的命運，寫鯨，也是寫人，人的生命投影在大海中，是生命寂寥的最好佐證。第四節詩如次：

天地如覆碗，
是誰在水深處施放聲納？
是命運滾動的骰子嗎？
滴瀝滴瀝藏著暗碼……

孤獨，我知道你也在這一匹流動的潮水裡，
承載我無窮數的淚。

鯨魚有牠孤獨的命運，人類一樣有他無奈的遭遇。李魁賢以海浪無能上岸，暗示戒嚴時期臺灣人不能回臺灣的悲哀，是以詩控訴政權不義。〈海邊暮情〉的末三段說：「沒有人聽見／波浪傾訴／徒然到處流浪／無處上岸的辛酸」、「沒有人看見／波浪無奈／沿岸抗議遊行後／被強制驅離的疲勞」、「老天沒有講一句話／只是閉上眼睛」。人生有淚，蒼天無眼，李魁賢為列名黑名單而滯留海外的人，找到貼切的命運相似體。

李魁賢偶爾以海入詩，岩上則是經常寫作海洋詩的人；李魁賢寫黑名單人士如浪一樣徘徊岸邊，岩上則以「岸」象徵人類共同的希望，一如佛家「渡」、「彼岸」的說法，岩上從海上看岸，尋求人類命運的救贖。

不斷划動奔波前行，只為了上岸
何其滔滔的歲月

有人迅速登陸，有人四顧茫茫
何其浩瀚的人生之海

從此岸跋涉到彼岸
何其遙遠的歷程

岸引燃希望之火
岸堆積著失望的灰燼

從陸地到海洋，又從海洋到陸地，人類不能忘情於陸地，也不能忘情於海洋，海洋詩篇雖少而精，是人類命運的縮影，是生命美學的具體寫照，是臺灣詩壇重要的財富，不可輕忽。

參考文獻

中文書目篇目（依作者姓氏筆劃序）

〔唐〕司空圖　《二十四詩品》　臺北市　金楓出版有限公司　1999
朱學恕編　《中國海洋詩選》　高雄市　大海洋文藝社　1985
朱學恕　《大海洋詩雜誌》　高雄市　大海洋詩刊社　1998
朱學恕　《海之組曲》　高雄市　山水詩社　1975
朱學恕　《海嫁》　高雄市　讀者書局　1971
朱學恕　《飲浪的人》　高雄市　大海洋文藝社　1986
余光中　《五行無阻》　臺北市　九歌出版社　1998
余培林注譯　《新譯老子讀本》　臺北市　三民書局　2006
李南衡主編　《日據下臺灣新文學・詩選集》　臺北市　明潭出版社　1979
李魁賢　《黃昏的意象1・抒情意象》　臺北縣　臺北縣政府文化局　1993
李劍亮　〈中國古典詩賦中的「海」意象〉　《浙江海洋學院學報》人文科學版　第16卷第3期　1999
李學勤主編　《孟子注疏》　臺北市　臺灣古籍出版有限公司　2001
汪啟疆　《海上的狩獵季節》　臺北市　九歌出版社　1995
汪啟疆　《海洋姓氏》　臺北市　尚書文化公司　1990
汪啟疆　《夢中之河》　臺北市　黎明文化公司　1979
汪啟疆　《藍色水手》　臺北市　黎明文化公司　1996
岩　上　《岩上八行詩》　高雄市　派色文化　1997
林燿德編　《海是地球的第一個名字——中國現代海洋詩選》　臺北市　號角出版社　1987

袁行霈主編　《歷代名篇鑒賞・上》　臺北市　五南圖書出版公司　2002

張默、蕭蕭主編　《新詩三百首》　臺北市　九歌出版社　1995

許悔之　《肉身》　臺北市　皇冠文學　1993

陳義芝　《不安的居住》　臺北市　九歌出版社　1998

傅錫壬注譯　《新譯楚辭讀本》　臺北市　三民書局　2001

覃子豪　《海洋詩抄》　臺北市　新詩周刊　1953

覃子豪　《覃子豪全集・1》　臺北市　覃子豪全集出版委員會　1965

劉克襄　《在測天島》　臺北市　前衛出版社　1986

劉達材　〈海洋的呼喚——21世紀為海洋世紀〉　《大海洋詩雜誌》　56期　1998

劉　勰　《文心雕龍注》　臺北市　宏業書局　1982

蔡鎮楚注譯　周鳳五校閱　《新譯論衡讀本》　臺北市　三民書局　1997

鄭愁予　《夢土上》　臺北市　現代詩社　1955

鄭愁予　《鄭愁予詩集（1951-1968）》　臺北市　洪範書店　1986

羅　門　《誰能買下這條天地線》　臺北市　文史哲出版社　1993

羅　門　《羅門詩選》　臺北市　洪範書店　1984

羅　青　《錄影詩學》　臺北市　書林出版公司　1988

瘂　弦　《瘂弦詩抄》　香港　香港國際圖書　1959

瘂　弦　《瘂弦詩集》　臺北市　洪範書店　1981

第五章
炎上作苦：
論白靈詩與火的屬性

摘要

希臘民間信仰與古印度佛教，都以「地、水、火、風」為構成世界事物的四大元素，中國先哲則以「五行」水、火、木、金、土作為自然哲學的研究範疇，其後慢慢滲透到庶民生活、社會制度、政治思想、語言藝術等各種不同的領域，遂與傳統文化密不可分。五行既為最簡易、最直接的唯物史觀，則藉「萬物」以抒懷的詩，詩中的「萬物」可以推極到最本質的「元素」裸體狀態，詩將會有新的發現，新的可能。本文即藉由五行理論，參佐巴舍拉四元素詩學，企圖發展出屬於五行系統的臺灣新詩學理論，而以白靈的火的特質表現，分析其如何而為火性詩人。

關鍵詞：白靈、五行、五行詩、火的屬性、巴舍拉

第一節　前言：五行與詩的屬性

東方文明對於物質元素的探索，一向分為兩大系統，一是古中國的「五行」之說，一是古印度佛教界的「四大」之論。

佛教界認為「地、水、火、風」是構成世界一切事物的四項基本因素，謂之「四大」；西方則自希臘民間信仰開始，也以「地、水、火、風」四元素作為世界物質組成的最基本、最初始元素，東西方古文明在四元素的觀念上，頗有相互呼應之勢。

以泰勒斯（Thales，約西元前624-546年，古希臘七賢之一）為首的米利都學派（Miletian school），是「前蘇格拉底哲學」的一個學派，被譽為是西方哲學的開創者。米利都學派的哲學家大多出身於古希臘伊奧尼亞地區的海港城市米利都（Miletus），著名的哲學家有泰勒斯、泰勒斯的學生阿那克西曼德（Anaximander，西元前610-546年）、阿那克西曼德的學生阿那克西美尼（Anaximener，西元前570-526年），他們的研究範圍主要集中在萬物的本源。泰勒斯認為「水」是最初的元素，提出「萬物源於水」的說法，將「土」和「氣」（風）視為水的凝聚和稀薄，其後再加入「火」；阿那克西曼德認為「無限者」（Apeiron 或 Boundless）才是根源；阿那克西美尼則以「氣」為最本質的元素，氣依序變成水、變成土、變成火，水、土、火三元素是不同程度的「氣」的凝聚或稀薄，而「火」是最精純的「氣」。[1]

有趣的是，「水」與「氣」都有無限而不定的特質，類似古中國盤古開天闢地之前的「渾沌」之說，而「渾沌」之貌，又與「無限

1　參考「維基百科──自由的百科全書」之「米利都學派」：http://zh.wikipedia.org/wiki/%E7%B1%B3%E5%88%A9%E9%83%BD%E5%AD%A6%E6%B4%BE（2011年3月10日）。

者」相近。再看「水」與「氣」（風），更是「五術」中「風水」論最主要的兩項憑藉。五行與四大，若合符契，又相互補益，是理性主義、唯物史觀、地球源起論最值得探索的課題。

古中國所謂的「五行」，是指水、火、木、金、土，五行之名及其特質最早出現在《尚書．洪範》篇，《尚書．洪範》提到「九疇」，[2]首項便是五行：「五行：一曰水，二曰火，三曰木，四曰金，五曰土。水曰潤下，火曰炎上，木曰曲直，金曰從革，土爰稼穡。潤下作鹹，炎上作苦，曲直作酸，從革作辛，稼穡作甘。」[3]這種五行學說肇始於夏商之際，完善立說於春秋戰國時代，一開始隸屬於天道、自然哲學的範疇，其後慢慢滲透到庶民生活、社會制度、政治思想、語言藝術等各種不同的領域，《史記．孟子荀卿列傳》提到孟子（孟軻，西元前372-289年）之後有騶衍（約西元前305-240年）之屬：「乃深觀陰陽消息，而作怪迂之變，〈終始〉、〈大聖〉之篇十餘萬言。……先列中國名山大川，通谷禽獸，水土所殖，物類所珍，因而推之，及海外人之所不能睹。稱引天地剖判以來，五德轉引，治各有宜，而符應若茲。」[4]陰陽五行之論從此又與人事吉凶、災異變亂相結合，其影響既深且遠，幾乎與中華文化有著等同關係，一如血肉與經絡之難以區隔。其後再演變出「相生相剋」的言論，更與日常生活緊密結合，舉凡季節、氣候、色彩、方位、臟腑、數字、政治（朝代更替）……無一不與五行息息相關。

2　《尚書》所謂「九疇」是指：「初一曰五行，次二曰敬用五事，次三曰農用八政，次四曰協用五紀，次五曰建用皇極，次六曰乂用三德，，次七曰明用稽疑，次八曰念用庶徵，次九曰嚮用五福，威用六極。」見〔漢〕孔安國傳，〔唐〕孔穎達等正義：《十三經注疏．尚書正義》，臺北市：新文豐出版公司，2001，頁442-446。

3　〔漢〕孔安國傳，〔唐〕孔穎達等正義：《尚書正義》，頁446-449。

4　〔漢〕司馬遷撰，〔唐〕司馬貞索隱，張守節正義，〔宋〕裴駰集解：《史記．孟子荀卿列傳第十四》，臺北市：天工書局，1985，頁2344。

信賴且傳述五行之說者，會為五行找到許多理論根據，如東漢建初四年（79），由皇帝親自主持所召開的全國性經學會議，委請班固（32-92）整理編輯的《白虎通德論》（習稱《白虎通》），顯示當時朝廷對經學研究的正式成果，對五行的生剋論提出這樣的觀點：「木生火者，木性溫暖，火伏其中，鑽灼而出，故木生火；火生土者，火熱，故能焚木，木焚而成灰，灰卽土也，故火生土；土生金者，金居石，依山津潤而生，聚土成山，山必生石，故土生金；金生水者，少陰之氣潤澤，流津銷金，亦為水，所以山雲而從潤，故金生水；水生木者，因水潤而能生，故水生木也。」（《白虎通．五行篇》）[5]顯然有其合乎自然科學，物質演變的規律性。因而直至二十一世紀，仍有醫學博士以此生剋論看待氣候變化，也能令人信服：「五行中的木，表達的是春季的氣候特徵，火是夏季的氣候特徵，土是長夏，金是秋季，水是冬季的氣候特徵。五行的相生，是四時五季氣候的自然轉換，如春溫變生夏熱，夏熱生長夏濕，長夏之濕生秋涼，秋涼變生冬寒，冬寒變生春溫。而五行的相剋，則是異常的氣候相互制約：木剋土，是風氣對長夏之濕的制約；土剋水，是濕對冬寒的制約；水剋火，是寒冷對夏熱的制約；火剋金，是熱氣對秋涼的制約；金剋木，則是燥氣對風氣的制約。五時氣候通過相生，完成氣候的自然轉化，通過相剋，完成氣候的制約。」[6]

騶衍以「五德終始論」斷定秦漢之前唐虞夏商周「朝代更替」、「制度代易」的歷史軌跡，反對這種五行相生相剋理論者，當然也有反駁之說，民國初年唐君毅（1909-1978）就認為其中充滿宗教色彩

5 〔漢〕班固等撰集，〔清〕陳立疏證：《白虎通疏證》，北京市：中華書局，2007。

6 賀娟：〈五行與中國傳統文化——賀娟教授在清華大學的演講〉，《光明日報》（北京市），2009年10月22日。這是賀娟教授二〇〇九年七月在清華大學商道韜略論壇的演講實錄。

或政治意圖，質問一：此中五行之次序，究竟為一相剋之次序，或相生之次序？質問二：當今之人王應在天上之何帝，誰說得準？他舉例說：「如《史記・始皇紀》，謂『秦政剛毅戾深，事皆決於法，然後合於五德之數。』《索隱》注曰：『水主陰，陰刑德。』則秦乃以周為火德，而自謂應水德以勝之。然漢之張蒼，又以漢應水德，以勝周火。賈誼、公孫臣，乃主漢應土德，以勝秦水。此皆本騶衍之『五行之次，從所不勝，虞土、夏木、殷金、周火』（《淮南子・齊俗訓》）之說以為論，亦即依五行相剋之次序以為論者也。然後之劉向，又改而主依五行相生之次序。後漢之光武，亦信此五德之說，以赤符自稱火德，而繼王莽以起，謂『天心可革可禪』。此中，以五行之相剋或相生為序，謂當今之人王，應在天上何帝之德以興，因與實際上之政治權力之爭，互相夾雜，固多穿鑿附會之論。」[7]五行相剋的順序是：金剋木，木剋土，土剋水，水剋火，火剋金；相生之次則為：金生水，水生木，木生火，火生土，土生金。如以周朝為火德是真，後起的朝代是應在「水剋火」的水德，還是「火生土」的土德，其中就有許多辯證的空間。

五行，如果單純當作對宇宙萬物的元素之解釋，勞思光（Sze-Kwang, Lao，原名勞榮瑋，號韋齋，1927-）認為不足為奇，也不足為病，「但因加入一『天人關係』之觀念，一切人事均以『五行』為符號而論其盛衰演變，且引生預言吉凶之說，遂與古代卜筮合流；此則為擾亂思想界之大事。」[8]因此，如果回歸「五行」的原貌，將「陰陽」之說當作是宇宙間對立共構體最原始、最素樸的型模，五行則是最簡易、最直接的唯物史觀，若是，藉「萬物」以抒懷的詩，我

7　唐君毅：《中國哲學原論》，臺北市：臺灣學生書局，1979，頁542。

8　勞思光：《新編中國哲學史》（第二冊），臺北市：三民書局，2004（重印三版三刷），頁24。

們將詩中的「萬物」推極到水、火、木、金、土的「元素」的裸體狀態，是否會有新的發現，新的可能？

法國科學哲學家、詩學理論家加斯東・巴舍拉（Gaston Bachelard, 1884-1962）曾以四元素論述詩與想像、詩與心理分析，如《火的精神分析》（*The Psychoanalysis of Fire*）[9]、《水與夢：論物質的想像》（*Water and Dreams: An Essay on the Imagination of Matter*）[10]、《氣與夢：論流動的想像》（*Air and Dreams: An Essay on the Imagination of Movements*）[11]，對於詩學的想像、思考、論述，具有極高的參考價值。既然詩的創作，首重意象，詩中意象的運用不外乎山川風雨雷電、草木蟲魚鳥獸，推極到最初的元素，不是收束於「地、水、火、風」四大，就是歸納在「水、火、木、金、土」五行中，因此，藉由五行理論，參佐巴舍拉四元素詩學，是否可以發展出屬於五行系統的臺灣新詩詩學理論？本文最初的寫作動機，即由此而起。期望藉此思考，水的特質表現是否造就水性詩人，火的特質表現是否造就火性詩人，在臺灣中生代新詩人群中，誰是那金性思考的詩人代表，誰又是那土性思考的詩人代表，他們的創作可以提供現代漢詩什麼樣的寫作視野和想像空間，值得新詩壇觀察家以系列方式探究，長期追蹤。

---

9 〔法〕加斯東・巴舍拉（Gaston Bachelard）著，杜小真、顧嘉琛譯：《火的精神分析》（*The Psychoanalysis of Fire*），北京市：生活・讀書・新知三聯書店，1992；長沙市：岳麓書社，2005。

10 〔法〕加斯東・巴舍拉（Gaston Bachelard）著，顧嘉琛譯：《水與夢——論物質的想像》（*Water and Dreams: An Essay on the Imagination of Matter*），長沙市：岳麓書社，2005。

11 Gaston Bachelard, *Air and Dreams: An Essay on the Imagination of Movements*, trans. Edith R.Farrell and C. Frederick Farrell (Dallas: Dallas Institute, 1988)。目前未見中譯本。

第二節　從《五行詩及其手稿》看白靈詩的火性傾向

白靈（莊祖煌，1951-）從一九七九年六月出版《後裔》之後，不計童詩與各種詩選，截至二〇一〇年歲末，一共出版了七部詩集，依序為：《後裔》（1979）、《大黃河》（1986）、《沒有一朵雲需要國界》（1993）、《愛與死的間隙》（2004）、《女人與玻璃的幾種關係》（2007）、《五行詩及其手稿》（2010）、《昨日之肉》（2010）。從《愛與死的間隙》開始的三部詩集，白靈常將自己寫作歷程中刪改塗寫的手稿，原貌展示，特別是《五行詩及其手稿》，在一〇一首詩中留存近三十首手稿，這種不計美醜的真跡呈現，不管巧拙的自我裸裎，客觀上顯示白靈推廣詩教的熱誠與急切。白靈不僅先後出版《一首詩的誕生》（1991，2006）、《煙火與噴泉》（1994）、《一首詩的誘惑》（1998，2006）、《一首詩的玩法》（2004）等示人金針的新詩方法學系列專書，還刻意在自己的詩集上暴露思考歷程、修改痕跡，其用意不在方便讀者欣賞自己詩作而開拓多元途徑，卻是在刺激讀者藉詩人的塗改痕跡，尋思詩人當初更易的軌轍，以鍛鍊讀者自我的想像力。這種不惜自暴其短的分享態度，不惜犧牲小我的教育精神，正是火象性格的徵狀。

手稿顯示，白靈詩作修改次數頻仍，更動幅度極大，有時是字詞的斟酌、標點的增減、字序或句序的調整，有時是全詩既革心又洗面，初貌與成品差異懸殊。如〈鐘擺〉一詩，六易其稿，在《聯合報・副刊》登出後，僅僅五行之詩又修正了三個詞語，[12]〈颱風〉II，展出手稿十五張，張張如颱風肆虐後的土石亂流，千瘡百孔。[13]主觀上，這是內心不安的外在跡象。可以說，《五行詩及其手稿》全

---

12 白靈：〈鐘擺〉，《五行詩及其手稿》，臺北市：秀威資訊科技公司，2010，頁28-35。

13 白靈：〈颱風〉，《五行詩及其手稿》，頁85-95。

面暴露白靈壓抑下的不安心靈，這種不安與孤獨感，穿透白靈詩作，一如幾米（廖福彬，1958-）漫畫所透露的不可歇止的淡淡哀愁，絲絲縷縷，飄飄忽忽，總是在字裡行間，線條色彩裡，亦即人與人、人與物的互動中，不肯離去。

《五行詩及其手稿》書前白靈自撰其序〈五行究竟〉，與《一首詩的誕生》新版序相同，都將詩定義為「宇宙之花」，[14]他說，詩，「隱涵著宇宙自身乍現乍滅的縮影」，「它是動態的、隨機的、偶然的、乍現的、隕落或上升的、輻射的或收斂的、爆裂的，因此也注定將幻現而熄滅。」[15]依白靈詩的定義，所謂「乍現乍滅、動態、隨機、偶然、輻射、收斂、爆裂」云云，其實都與「火」的特性、特質相關，即使是「隕落或上升的」，也與「火氣」息息相關。火的外在形象閃爍不定，從來沒有「凝固不動」的樣貌，這就是白靈所強調的一首詩不會是頭腳齊全，像嬰孩臨盆似地出現，經常是「靠一隻鼻子找到一張臉，憑一根腳趾找到一條腿的。」[16]火的形象不定，誰也無法確定哪樣的形貌才是真正火的樣子，詩亦然。所以，白靈的詩的教學工程，往往是從「怎樣寫一句好詩？怎樣寫一堆好的詩句？怎樣找到一些美妙的想法？」[17]做為開始，不事先追求結構的呼應。五行中，木有根、莖、葉、花、果的實質結構，水有上游、中游、下游，溪、河、江、海的水域區分，金有色度、密度、硬度、韌度的衡量，地有地質、疆域的區隔，唯火不作這種細節分辨，火焰美妙，不設常規。

---

14 白靈：〈詩是宇宙之花〉，《一首詩的誕生》，臺北市：九歌出版社，2006，新版〈序〉。

15 白靈：〈五行究竟（自序）〉，《五行詩及其手稿》，頁11。

16 白靈：〈從讀詩到寫詩（代序）〉，《一首詩的誕生》，臺北市：九歌出版社，1991，頁1。

17 同前注，頁4。

火的屬性，其實也是後現代主義重要的風景，簡政珍（1950-）《臺灣現代詩美學》中的第二部：「後現代風景」，曾以五個專節討論：結構與空隙，意象與意義的流動性，詩的嬉戲空間，不相稱的美學，詩既「是」也「不是」。[18]青年學子根據其中「不相稱的美學」，藉以論述白靈詩集《愛與死的間隙》，指：「不相稱」強調差異性，引領讀者發問而非定義，並曝顯任何「相稱」的虛構成分；簡單講，它要讀者注意書寫與現實有何不同？深刻點說，它要讀者真是異己的美感。假若讀者因預設的框架終止對話，世界便迷糊僵死在記憶，一旦讀者放下身段，不斷詰問為何與如何不相稱？也就更貼近書寫的當下。[19]足見白靈詩作不以僵化的意象「定」其義，即使留下的是小小的間隙，卻是讀者開闊的詰問空間，其形其象，如火焰之未可確認，其指其向，如火舌之無法預知。

火的形象不定，所以，火的特質是「不安」的，白靈說「詩是宇宙之花」的同時，也強調「乍現乍滅」、「幻現而熄滅」的不安感，乍滅、無常，如何能安？余光中（1928-）的名詩〈與永恆拔河〉，具有超人的氣魄，卻也一開始即承認「輸是最後總歸要輸的」。[20]白靈以風箏細細的一線，卻想與整座天空拔河，但他也清楚「小小的希望能懸得多高呢」？[21]細細一線所維繫的風箏，即使在孩子的心裡有「拉著天空奔跑」的喜悅，在大人眼中卻懷著更大的不安；孩子的喜悅越大，詩人擔的心越沉。

18 簡政珍：《臺灣現代詩美學》，臺北市：揚智文化事業公司，2004，頁143-298。

19 張期達：〈不相稱的美學初探——以白靈《愛與死的間隙》為例〉，《臺灣詩學》第5期，2005年6月，頁229-242。

20 余光中：〈與永恆拔河〉，《與永恆拔河》，臺北市：洪範書店，1979，頁133-134。

21 白靈：〈風箏〉，《五行詩及其手稿》，頁27。此詩為本詩集之第一首詩，選入翰林版國中國文教科書。

「詩之於文學，猶如夢之於人生。」[22]白靈常將詩與夢結合，「我們生活中有諸多的衝突、不滿和期望，會像注入水庫般儲存在腦海中，日積月累，每越一段時日，總會以一場夢來舒洩。」「讀詩是讀別人的夢……觸及的只是自身心靈的一部分，是間接的，是痛點的外敷。寫詩則不然，抱的總是自個兒的夢，是當下的、切身的、全力以赴的，是從內在出發的，是直接的、是痛點的自我內療。」[23]白靈認為寫詩與作夢一樣，都有療癒的作用，都是「衝突、不滿和期望」的不安心靈，所賴以宣洩，或紓解痛點的憑藉。在白靈的認知裡，夢常予人虛幻的想像、飄忽的想像、快遞似的想像、樂極又悲極的想像，夢境變換瞬時萬化，與科幻相類，[24]以這樣的角度看「火」的屬性，從鑽木取火開始，火苗、火花、火焰、火勢，一發即不可收拾，無可掌握，一如詩、夢、想像，所以白靈詩作、詩學中「詩與夢」相通、相隨，因為他們都具有「火」的質性。瘂弦（王慶麟，1932-）所言，白靈「長於謀篇，有不少詩的效果像是小小的戲劇，裡邊有嚴謹的組織肌理與古典式的制約。」[25]則已屬於後設的寫作學上的調理，可以將白靈視為高明的「玩火者」。

近十多年來，白靈浸淫於中醫經脈、針灸治療的學習與操作，頗有所成，在化工教學、詩作醫療之餘，兼又戮力於疏通詩人氣血與筋絡，對於「五臟」呼應五行、五方、五時、五氣、五色等「臟象理論」，通透了解。[26]他體認到這種人體與天體的空間呼應，其實就是

---

22 白靈：〈只要還有夢（後記）〉，《大黃河》，臺北市：爾雅出版社，1986，頁221。

23 白靈：〈從讀詩到寫詩（代序）〉，《一首詩的誕生》，頁3。

24 白靈：〈只要還有夢（後記）〉，《大黃河》，頁224。

25 瘂弦：〈待續的鐘乳石〉，《大黃河》，序頁10。

26 漢朝已降，陰陽五行家認為五行可以跟萬事萬物相匯通，此種說詞，逐年累積，可參見文後「附錄一」。

「萬物皆備於我」、化繁為簡的易之哲學的另類展現，[27]對於自己的五行詩寫作，尋找到學理的依據。這種「合理化」的說詞，雖非創作者所必須具有的剖白，但卻為我們以火的質性論述其詩，提供基礎性的佐證。

白靈借用杜十三（黃人和，1950-2010）詩句「把光獻給天空」，用於悼念杜十三，說：「杜十三是屬於火的」、「而火是沒有形狀的，無法確知自己燃燒的模樣或方向，僅考量怎樣燃盡自己一生成為灰燼，把熱獻給世界，『把光獻給天空』。」[28]以這樣的讚詞稱賞杜十三，確屬合宜，但以阿那克西美尼的觀點：「『火』是最精純的『氣』」稱賞白靈及其詩作，精純地發光發熱，長遠地奉獻自己，更切實際。白靈與杜十三，都屬於火象系列的詩人，火舌變幻不居，詩與藝術常伸向異於常人的新向度，展現無法蠡測的大能量。

第三節　爐火遐想是白靈詩心的最初依託

巴舍拉不一定認識中國五行相生（金生水、水生木、木生火、火生土、土生金）之說，但鑽木取火應該是人類不分東西方最早擁有火的共同經驗，這是五行「木生火」的物質緣起憑藉。不過，就在此一詩之物質生成的分析中，巴舍拉更強調：「火在成為木之子之前，首先是人之子。」[29]面對火而升起的好奇、冒險、試探、想像，甚至於警惕，從「人」的立場、「人」的觀點出發，火，聯繫著人與人的溫馨記憶，特別是爐火與燭火，一種屬於「家」的美好嚮往，「燭成為

---

27 白靈：〈五行究竟（自序）〉，《五行詩及其手稿》，頁14-15。

28 白靈：〈把光獻給天空——火焰之子杜十三〉，《聯合報．副刊》，2010年10月24日。

29 〔法〕加斯東．巴舍拉（Gaston Bachelard）著，杜小真、顧嘉琛譯：《火的精神分析．附：燭之火》，北京市：生活．讀書．新知三聯書店，1992，頁29。

注視他的房間、注視一切房間的精神。它就是住宅、一切住宅的中心。不能設想沒有燈的房子，同樣也不能設想沒有房子的燈。……那裡有燈，那裡就有回憶。」[30]爐火（包括爐與灶）是現實生活與生存證據的主要象徵，燭火則是依戀、相思、冥想的依憑，巴舍拉曾言「人們在爐火跟前會入睡」，那是物質慾望的滿足、身心的舒放，「而面對燭火卻難以入睡」，可以視為心靈慾望的飛馳。[31]爐火與燭火，竟是關係著人類生存——物質與精神的兩大依託。

一九六一年巴舍拉發表的最後一部著作即是《燭之火》，這是一本可以視為散文詩精品的小書，巴舍拉說：「隱喻是形象，……在所有的形象中，火苗的形象——無論是樸實的還是最細膩的，乖巧的還是狂亂的——載有詩的信息。」[32]引述其中幾句詩語，可以見證巴舍拉與白靈的詩的發想，來自於他們對火苗的凝視與遐思：

> 對火苗的凝視使最初的遐想永存。
> 火苗單獨地是一種偉大的在場。
> 它纖細而又微弱，掙扎著維持著自身的存在。
> 火苗的遐想者與火苗對話，他就是與自己對話，他就是一個詩人。[33]

30〔法〕加斯東・巴舍拉（Gaston Bachelard）著，杜小真、顧嘉琛譯：《火的精神分析・附：燭之火》，頁148。

31〔法〕加斯東・巴舍拉（Gaston Bachelard）著，杜小真、顧嘉琛譯：《火的精神分析・附：燭之火》，頁142。

32〔法〕加斯東・巴舍拉（Gaston Bachelard）著，杜小真、顧嘉琛譯：《火的精神分析・附：燭之火》，頁136。

33〔法〕加斯東・巴舍拉（Gaston Bachelard）著，杜小真、顧嘉琛譯：《火的精神分析・附：燭之火》，頁137。

白靈與杜十三都屬於火象傾向的詩人，同樣有〈出口〉一詩，杜十三的〈出口〉以圖象詩的方式排列成左右各十二行的山形圖，從一個字（啊）、兩個字、三個字，累增為十二字，之後，以頂真的形式又遞減為原先的一個「啊」字，全詩表達「慾望」如鷹，在我們體內盤旋，終究無法找到出口，詩人的裝置設計，就將題目「出口」及作者「杜十三」放置在左右數來同為第十三行的山形頂上，實實地堵住出口。[34]白靈的〈出口〉，卻是沿著夢境的斜坡，望著一盞高懸的小燈，可以引人圓夢的出口：

山上有一盞小燈
霧來了，仍亮著
朦朦朧朧，打開了一小窗森林
沿著夢境的斜坡爬上去
那會是一個夜的出口
小小、暈黃的窗口
飛蛾們快樂地圓著夢……。[35]

「燈」，在白靈詩中是家的溫暖，是詩創作的動力，〈光之窟窿〉寫著：「黑暗收押了周圍的一切／然而還有我的燈懸著呢／堅持統領這荒野／雖是小小一盞／就是要讓黑暗有一凹／永遠的／／光的窟窿」。[36]這首〈光之窟窿〉在《一首詩的誕生》書中，是應用「詩的脫

34 杜十三：〈出口〉，《石頭悲傷而成玉》，臺北縣：思想生活屋文化公司，2000，頁50-51。

35 白靈：〈出口〉，《大黃河》，頁29。

36 白靈：〈光的窟窿〉，《沒有一朵雲需要國界》，臺北市：書林出版公司，1993，頁145-146。

胎法」，從鄭愁予（鄭文韜，1933-）的名句「是誰傳下詩人這行業的／黃昏裡掛起一盞燈」，逐漸「轉動」「脫胎」而來，[37]燈的光與熱的招引，是白靈心中家與詩的永恆溫馨。

光與熱的比對中，巴舍拉認為：「熱是一種財富，一種佔有。應當把這種熱珍藏起來，只把它贈給值得溝通，能相互交融的意中人。光在事物表面閃爍、微笑，只有熱才會深入。」[38]白靈在家的溫馨外，他所參與過的社團，如「草根」、「葡萄園」、「耕莘寫作會」、「臺灣詩學」，都可以看到他積極投入、奔走的身影，這一團火所燃燒出來的熱能，已經為臺灣新詩壇帶來難以估量的效能。

火，既能發光，又能發熱，以白靈在二〇一〇年推出的第二部詩集《昨日之肉》專門寫作金門、馬祖、綠島的島嶼詩歌來看，白靈提出〈邊境與夢境〉的觀點，認為金門、馬祖地下的地雷難以掃清，「心中的地雷」更難以拔除，且會橫向傳染、縱向傳承，因而造成「思想的霞光」，他說：「綠島沒能馴化的思想的地雷卻終能回到本島上，四處橫行，不斷引爆，終於『爆響』出華人地區最自由開放的民主場域。本來被槍桿子控管住的『邊境』，竟然在苦痛磨折中折射出『經營』出思想的『夢境』來，不能不說是亞洲少見的奇蹟，更是漫長的中華歷史中難能可貴的精神碩果，令人嘖嘖稱奇。」[39]不是白靈的「火眼金睛」，不能看出金、馬、綠這三座島嶼所蘊藏的、內在的「火」，不是白靈「火熱赤誠」，不能呼應金馬外島所蘊藏的、文化的「火」。

---

37 白靈：〈意象的虛實（四）〉，《一首詩的誕生》，臺北市：九歌出版社，1991，頁105-111。

38 〔法〕加斯東・巴舍拉（Gaston Bachelard）著，杜小真、顧嘉琛譯：《火的精神分析・附：燭之火》，頁47。

39 白靈：〈邊境與夢境（自序）〉，《昨日之肉》，臺北市：秀威資訊科技公司，2010，頁13。

但是，真正燃燒起白靈內心深處的詩心，卻是「家」的爐火、燈火的溫馨光影。在《昨日之肉》的序文中，白靈提到一九四九年母親帶著兄姊從鼓浪嶼搭船到臺灣，他們的眼睛或許曾經掃瞄過金門，[40]就這麼一眼，家人曾經溜一眼的島嶼，金門，竟然成為白靈記憶中的一盆爐火，「恍惚間好像有條船正緩緩駛過眼前海面，其中就載了我年輕的母親和年幼無邪不知戰爭為何物的兄姊。我來此，就好像為感受當年她眼中的焦急和渴盼而來，往後數十載她日夜想的竟都是她身後的老家和身陷其中久久無訊息的親人。那種『想』是我始終難以模擬和真正深刻體會得到的，是那種提整座臺灣海峽的水也難以澆熄的『想』啊。」[41]就是這種難以澆熄的「火」，蠢蠢而動，激引著白靈的詩心，吞吐著火舌。

第四節　燭焰閃爍是白靈詩緒的躁動不安

白靈在〈大黃河・序詩〉中說黃河：「血液屬於黃色系統／彩度比金淡／性情比火焰安定」，[42]顯然，火焰的閃爍不安是白靈所深知而熟悉的。洛夫（莫洛夫，1928-）曾指出，白靈所寫的黃河的「動」，一方面表現出黃河在歷史中河道的遷移（實），一方面巧妙地刻畫出大陸民心「思動」（虛），所以，〈大黃河〉就是中華民族苦難的象徵，也是中華民族在苦難中奮鬥的精神的象徵。[43]黃河之「動」一如火焰在「閃爍」，那是詩人眼中所觀察到的家國的不安，也是詩人內心深處真正的惶恐與戰慄。白靈以第三人稱所寫的作者小傳與風格特色，即

40 同前注，頁14。

41 同前注，頁14-15。

42 白靈：《大黃河》，頁151。

43 洛夫：〈大鄉土的擁抱〉，《大黃河》，頁230-231。

言早年他之抒情大我情懷之地理橫面和歷史縱深等題材，「其實那不過是緣於生命在奔流之中遇阻於一種龐大無力的悲哀、和隱密深切地生長的苦悶，一種屬於全體華人血液中無以詆毀的基因和懊惱。」[44]

巴舍拉把「火」與「生命」相對照，如果一切緩慢變化著的東西能用生命來解釋的話，那一切迅速變化的東西就可以用火來解釋。「火速」是最難以衡量或掌握的，土、沒有速度，或者說速度最為緩慢（土石流，已加入水的速度），金與木次之，水與風可以用一定的測量儀來確定，唯有火，不知如何衡量它的蔓延、方向和速度。就因為這種無以衡量的速度，「火」是不安的徵象，這種不安，來自於「火」兩極的擺盪：「唯有它在一切現象中確實能夠獲得兩種截然相反的價值：善與惡。它把天堂照亮，它在地獄中燃燒。它既溫柔又會折磨人。它能烹調又能造成毀滅性的災難。它給乖乖地坐在爐邊的孩子帶來歡笑，它又懲罰玩弄火苗的不規矩的人。」[45]白靈的詩與詩論，鄭慧如所指明的正是這種兩極的矛盾、閃躲與協和：「白靈以長詩崛起而著力於小詩、以遊戲說提倡詩教而追求藝術的完美、以詩的聲光呼喚讀者而堅持詩的書面語，其中的矛盾與一致，造就白靈成為嚴肅的遊戲者。他對時代、詩潮及讀者的迂迴迎合，以及他對文學語言的銳利判別、對詩本質的溫暖期待，則形成他詩風中的自省與閃躲特質。」[46]何金蘭以高德曼（Lucien Goldmann, 1913-1970）所制定的「發生論結構主義」（Structuralisme genetique）分析白靈的名篇〈鐘擺〉，認為此詩是建立在一個二元對立、極端強烈對比的意涵結構即

44 白靈：〈作者小傳〉，白靈編：《新詩二十家》，臺北市：九歌出版社，1998，頁83-84。

45 〔法〕加斯東・巴舍拉（Gaston Bachelard）著，杜小真、顧嘉琛譯：《火的精神分析・附：燭之火》，頁8。

46 鄭慧如：〈詩，是嚴肅的遊戲——白靈的詩與詩論〉，林明德總策劃：《臺灣新詩研究——中生代詩家論》，臺北市：五南圖書出版公司，2007，頁268-304。

「存活／亡滅」或「生／死」的主要架構上，即使是鐘擺擺動時所發出的「滴／答」二聲也統攝著：「左／右」、「入／出」、「精神／肉體」、「黃昏／黎明」、「過去／未來」，[47]在這基本結構上，白靈的詩像火一樣擺盪於二者之間，形成微結構。

白靈很少寫作具有童趣的自傳型小說詩，〈什麼〉是其中精彩的篇章，詩中的主人翁就叫「什麼」，七首小詩組成一個趣味的童年畫面，詩中主角最後的畫面是滾進日記的空格裡，滾了一夜，才寫下兩行日記：

優質的火
會從什麼燒起[48]

從幼小的心靈開始，白靈已經有著這種不安的傾向，由此經歷愛與性的焦急，家國的變動，〈大黃河〉、〈黑洞〉的寫作，一直到馬祖北竿所見，〈芹壁村〉以「血」的紅寫火的焦渴，寫歷史的躁動，成為白靈火性詩作的原型：

一定有一滴血，乾了
還躲在哪塊石縫中
喊渴，而歷史低下身去
卻遍尋不著[49]

---

47 何金蘭：〈在「生／死」「左／右」的夾角「入／出」「游／游」——試析白靈鐘擺一詩〉，《創世紀》159期「詩作筆談新輯：時間在存有中滴答——白靈詩作筆談小集」，2009年6月，頁48-65。

48 白靈：〈什麼（七帖）〉，《女人與玻璃的幾種關係》，臺北市：唐山出版社，2007，頁45-48。

49 白靈：〈芹壁村〉，《女人與玻璃的幾種關係》，頁25-26；《昨日之肉》，頁101-102。

「在火苗中，空間在活動，時間在翻滾。當燭光抖動時，一切都隨之抖動。火的變幻難道不是一切變幻中最富有戲劇性的、最活耀的變幻嗎？」[50]這樣的變幻、翻滾，是火的特殊質性，是白靈內心深處動盪不安的寫照。

二○○○年白靈與辛鬱（宓世森，1933-）跨世紀對談時，辛鬱提到數學有最精準的部分，也有無法分析理解之處，數學遊戲從具象的數字、具象的形體開始，卻可能產生類似夢境中非常微妙的形象；音樂，以純粹的樂理來看，音律嚴謹，但聆聽者卻有另一種縹緲的妙境。[51]白靈則以「規律和自由之間的擺盪」回應，認為「整個宇宙看起來規律，其實是無限自由的。」「整個宇宙的形成就是混沌狀態之下的亂數，人就是宇宙具體的縮隱（索引）。」[52]這種以具體、規律始，卻以混沌、自由終，當然可以用火把、燈蕊、營火作為徵象，問題在於那種絕對自由、無限自由的「空」中，人的存在因而顯得不定、不安。

白靈有三首〈不如歌〉，[53]開宗明義的第一句都是相同的句型：「平靜的無，不如抓狂的有」，「熱鬧的無，不如荒涼的有」，「光亮的無，不如黯黑的有」，對比的二者（如「平靜的無」與「抓狂的有」）之間，其實都潛藏著不安，後者的「有」又勝過前者「無」的不安，重要的是，後者的「有」都出現「火」、「紅」、「熱」、「焚」的意象：

坐等升溫的露珠，不如捲熱而逃的淚水

---

50 〔法〕加斯東・巴舍拉（Gaston Bachelard）著，杜小真、顧嘉琛譯：《火的精神分析・附：燭之火》，頁161。

51 辛鬱、白靈：〈詩的跨世紀對話：平面詩和網路詩的趨勢〉，《創世紀詩雜誌》123期， 2000年6月，頁12-23。

52 同前注。

53 白靈：〈不如歌〉，《五行詩及其手稿》，頁39-41。

猛射亂放的箭矢，不如挺出紅心的箭靶（〈不如歌Ⅰ〉）

霸南極萬里，不如據火山一座
被冰，不如被焚（〈不如歌Ⅱ〉）

點燃不著的鑽石，不如恍惚閃爍的螢火
堅貞恆定的星群，不如浪蕩叫喊的流星（〈不如歌Ⅲ〉）

「火」、「紅」、「熱」、「焚」、「閃爍」、「浪蕩」的「火意象」，白靈詩中的不安，從未熄燈滅火。當然，這種不安，從另一種角度來看，萬登學說是「鬥士情懷」，以〈不如歌Ⅰ〉而言，白靈所激賞的是「不貪固有的安逸而毅然奮起、不坐等福至而熱烈拚搏、不狂猛亂擊而勇於獻身、不戀苟且和平而願鷹擊長空、不屈服於溫柔鄉中而敢於享受痛苦」，[54]所謂奮起、拚搏、獻身、鷹擊、享受痛苦云云，正緣於內在的不安，顯現為火之炎上的外在形象。

慾望的不時湧現，無法掌控，白靈以黑鷹詭譎的身影來描述，人就成為黑鷹追逐下的灰兔：「無人看得清牠潛藏的慾望／一朵黑雲忽淺，忽深，在草原上方／詭譎如黑色的潛艇，巡航於天空／何故我竟成了灰兔？沒命地追逐／牠那襲——滿地飄忽的投影」。[55]黑鷹追逐灰兔，反說成灰兔追逐黑鷹飄忽的投影，靜態的慾望的衝撞所造成的內心的惶急、不安，無所藏躲於天地間（黑鷹在天——灰兔在地，黑色的潛艇——巡航於天空）。

黑鷹逐兔是草原裡的野性慾望，城市文明的不安，白靈則以巨獸

54 萬登學：〈寄寓深遠詩思深邃——淺論白靈短詩〉，《臺灣詩學季刊》第26期，1999年3月，頁112-115。

55 白靈：〈黑鷹〉，《五行詩及其手稿》，頁57。

為主意象，在〈子夜城〉中遍佈燈、螢火蟲、金牙、光、火螢的閃爍：「黃燈前煞車，蹲在前面這座城市如睏極的巨獸／紅燈中小盹，夢見街上到處是被綁住的螢火蟲／紅燈中醒來，那頭巨獸打哈欠露出誘人的金牙／綠燈時加速，衝進去才瞥清金牙盡是光的神話／一火螢竄出，救護車正飛速趕去摀住神話的傷口」。[56]空間上，燈、螢火蟲、金牙、光、火螢，環繞四周；時間上，短短的等紅綠燈的數十秒間，但不論是黃燈的等待、紅燈的小盹、綠燈的速行，都在火性意象中持續不安，未有片刻歇止，都在白靈詩中，不曾熄燈滅火。

骨子裡，白靈的寫詩意志就是在「火光沖天」的殿堂，獻上「灼烤」後的心肝：

戰士們鴉雀無聲
齊聚於火光沖天的殿堂
在神前獻上割下的耳朵，和腳
繼之以灼烤後的心肝
那無以名之而歷史上稱之為「詩」的東西……。[57]

火與光的閃爍不定，躁動不安，正是白靈詩緒的潛藏意志，不自覺而外鑠於詩篇中，以此來看白靈之所以選擇金門、馬祖、綠島而寫《昨日之肉》，不正因為金馬的戰火與至今猶存的無數地雷，不正因為綠島所代表的是怒火似的「會思想的島嶼」？[58]從《大黃河》而至於《昨日之肉》，白靈詩緒的躁動不安，一直以火的閃爍在詩壇閃亮不已。這也正是白靈在接受訪問時所提出的文化感與自由感，他認為

56 白靈：〈子夜城〉，《五行詩及其手稿》，頁71。
57 白靈：〈意志〉，《五行詩及其手稿》，頁100。
58 白靈：〈邊境與夢境（自序）〉，《昨日之肉》，頁11-17。

所有文學、藝術，最終無非是在安頓我們的心靈，心靈的安頓就是最大的自由感。[59]白靈的創作，即在安頓不安的火，以此追求心靈最大的自由感。

第五節　炎上作苦是白靈詩魂的根柢精神

炎上是火的外在形象，作苦則是火的內在本質，炎上作苦正是白靈詩的根柢精神，而且以巨大的意象籠罩在他的詩作中，如〈流星雨〉是從宇宙天體表達寂寞之苦，而流星雨的繁密、緊促，更讓人有襲身逼臨，無可閃躲之感。

一顆流星能劃亮地上多少雙眼睛？
這世間還有更壯烈的火鳥嗎？
燃燒到最後，飛成輕煙一陣
但誰能明白，流星的心寂寞如
地球，都渴望被燙傷[60]

流星在世人眼中只是一霎而過，遙遠而孤獨，地球卻是多少世紀人與萬物共居的所在，擁擠而熱鬧，但都飽受寂寞之苦，因而期望有人相訪、相親，即使被高熱擊中、燙傷都在所不惜。流星、火鳥、燃燒、輕煙、渴望、燙傷，全都是「火」的相關意象，巨大的寂寞感因為流星雨和地球的對應而浩瀚無窮。

即使回到地球上，白靈詩中多次出現「渴」、「乾渴」、「渴望」、

59 黃硯：〈詩心慧眼——白靈的夢境與現實〉，《卓越雜誌》12期，1999年，頁170-174。
60 白靈：〈流星雨〉，《五行詩及其手稿》，頁121。

「飢渴」，都是「火」旺而苦之象，其中〈渴〉[61]以「愛的乾渴／唇知道」表達對「愛」的渴望，一如行數為五的〈微笑〉詩，三首都以「不要留下我，在寂寞裡游泳」[62]作結，一樣祈求愛的擁抱與回應。〈渴〉以太陽、沙漠、仙人掌，表乾渴之甚，明示對愛的渴望，末句還以由下往上讀的圖象詩效果，達成仙人掌由沙漠中伸掌的艱難（缺少愛的滋潤），太陽乾渴而沙漠也乾渴卻無以為助的無奈（如下圖）。相對的，〈微笑〉三詩是在水中游泳，卻是廣大無邊的寂寞之海，游不出去。白靈以相對的〈渴〉與〈微笑〉，顯示人如在沙漠而乾渴，在水中卻寂寞，人類之苦竟如此周全包覆，無可倖免。

〈渴〉

愛的乾渴
唇知道
太陽之乾渴
沙漠
應回掌人仙出伸

酒中有火（隱形的火），特別是金門高粱酒，白靈《昨日之肉》裡的〈金門高粱〉漾盪著、燃燒著的，就是火，也是二十世紀金門島的苦痛：「只有砲火蒸餾過的酒／特別清醒／每一滴都會讓你的舌尖／舔到刺刀／／入了喉，劃作一行驚人的火」。[63]苦之火，不僅包覆人類全身，在白靈詩中還化作一行驚人的火在肚腹裡、胸腔裡繼續延燒。

火是生命之苦的徵象，白靈詩中的火如此灼然，可以跟尼采

61 白靈：〈渴〉，《五行詩及其手稿》，頁143。

62 白靈：〈微笑〉，《五行詩及其手稿》，頁156-158。

63 白靈：〈金門高粱〉，《昨日之肉》，頁48-50。

（Friedrich Wilhelm Nietzsche, 1844-1900）的〈火的記號〉（Das Feuerzeichen）相呼應：「焰身灰白——／貪婪地吞噬著冰冷的遠方，／總是彎曲著頸項，好躍向更焠熱的高度——／是隻昂首嘶然，焦躁不安的蛇：／我將這個記號置於身前／／我的靈魂是這火焰，／無度需索著更新的遙遠，／竄火延燒，燃燒成沉寂的烈焰。／查拉圖斯特拉為何逃避著動物與人間，／為何遠離著所有的安樂家園？／他已知曉六種孤獨——／然而海洋已經不夠孤獨，／島嶼將他升起，讓他在山峰上化為火焰，／成為第七種孤獨，／他尋覓著，將釣竿高舉甩出。」[64]海洋孤獨，島嶼孤獨，孤島孤峰上的火焰，成為尼采的第七種孤獨，白靈的詩以苦為本質，以火為印記，灼然且卓然，略與尼采相近。

這種焦慮、孤獨之苦，白靈應該有些自覺，從他的〈樹火〉之詩，副題為：梵谷的「系杉樹」（Cypresses，一般譯為「絲柏樹」）約略可以看出。二〇一〇為梵谷（Vincent Willem van Gogh, 1853-1890）逝世一二〇周年，二〇〇九年十二月十一日至二〇一〇年三月二十八日臺灣國立歷史博物館舉辦「燃燒的靈魂・梵谷」特展，此詩應該是這期間參觀畫展所寫。梵谷一生畫過跟絲柏樹有關的畫，包括〈絲柏樹〉（Cypresses, 1889，93.4×74cm，收藏於紐約大都會博物館，Metropolitan Museum of Art），〈麥田裡的絲柏樹〉（A Wheatfield, with Cypresses, 1889，收藏於英國國家美術館），〈絲柏樹與兩個女人〉（Cypresses with two figures, 1889，收藏於荷蘭奧杜羅庫拉穆勒美術館，Kröller-Müller Museum），〈有絲柏樹的道路〉（Road with Cypress and Star, 1890，收藏於庫拉穆勒美術館），白靈所選擇的〈絲柏樹〉

64 〔德〕尼采（Friedrich Wilhelm Nietzsche, 1844-1900）：〈火的記號〉（Das Feuerzeichen），陳懷恩著譯：《第七種孤獨——以尼采之名閱讀詩》，臺北市：果實出版、城邦文化事業公司，2005，頁224-226。

這張畫（見下圖），[65]樹是主題，樹葉清晰，極似火燄蜷曲上騰，整棵樹旋轉如火炬，因而引動其周邊的山林、雲彩，一起陷入烈燄中，整幅畫從底部的草、山到遠處的雲、天，烈燄騰飛，有如煉獄，絲柏樹痛苦旋轉於其中，有若「燃燒的靈魂」。

65 取材自http://fine-art-print.biz/Cypresses.php (2011年3月10日)

白靈感同身受，因而寫下：

巨樹以它高聳的尖，頂住天空
樹身開始旋轉
活似一把捻不熄的火炬
鳥獸都閉起眼睛，畏懼這恐怖的陰影
著火的雲兒一塊塊掉下來，呼痛地掉下[66]

以詩寫畫，白靈看到梵谷的〈絲柏樹〉，選擇樹如火炬、雲在著火為意象，顯現梵谷的至痛、至苦，一如《梵谷傳》譯者余光中所言：「才如江海命如絲，梵谷一生受盡貧困、病痛、屈辱、孤寂，但追求完美藝術的意志從不動搖。他的畫，生前沒人看得起，死後沒人買得起。」甚至於說：「Van Gogh 的發音在荷蘭語中十分急峭剛強，像是喉間梗物要努力咳出。」[67]如鯁在喉，梵谷的至痛、至苦，白靈選擇「火」替梵谷也替自己咳出。

第六節　昇華純潔是白靈詩神的清淨功德

傳統道教有赤腳踩火炭可以去穢、避邪之說，臺灣民俗也有在外遭遇霉運或出獄返家之人，家人會在門口佈置一爐火，讓他跨過才進家門，以示霉運盡除，可以新生，通稱為「過火」。西洋文學中，相傳埃及的不死鳥火鳳凰（Fenice），每五百年自焚為燼，又從灰燼中重生，如此循環不已，成為永生，這是浴火重生的最根本象徵。火，

66 白靈：〈樹火〉，《五行詩及其手稿》，頁194。

67 〔美〕伊爾文．史東（Irving Stone）著，余光中譯：《梵谷傳》（*Lost for Life*），臺北市：九歌出版社，2009，頁12-15。

東西文化中扮演著這種重生、昇華的巨大能量。巴舍拉也如此強調：「火昇華的最高點就是純潔化。火燃燒起愛和恨，在燃燒中，人就像火中鳳凰涅槃那樣，燒盡汙濁，獲得新生。情感只有經過火的純化才能變得高尚，經過純化的愛情才能找到感覺。真正的愛必須經過火的燃燒，才能昇華，才能經久不衰，永遠有生命力。」[68]白靈的詩是經過火煉的真金，藉著火而將感情昇華。

前節曾言：燈之光與熱的招引，是白靈心中家與詩的永恆溫馨，因而在〈焚〉詩中，白靈又借助剎那之火，把自己對母親的愛、不捨，昇華為永恆的思念。

不捨　收入盒裡
愛恨　點成燭蕊
苦　　交給地藏佛
永恆　交給剎那
母親　就將您交予火了[69]

這首詩情緒昇華、平靜，彷彿經過火的淨化，一切復歸於圓融、諧和。白靈選用火的意象純化內心的激盪，與第二節「爐火遐想是白靈詩心的最初依託」之所論，可以相為呼應。

居家如此，〈野營〉之作也在尋求經由火所產生的特殊能量：

把冬天搓入柴火堆煮沸
四野圍進來一群想煨暖的星星

68 〔法〕加斯東・巴舍拉（Gaston Bachelard）著，杜小真、顧嘉琛譯：《火的精神分析・附：燭之火》，頁5。

69 白靈：〈焚〉，《五行詩及其手稿》，頁173。

當風聲將歌聲一首首馳到天涯
只留幾顆音符，在炭火上滋滋作響
天地上下，唯一爐燒紅的夢供應著能量[70]

全詩五行中即有四行具足火意象：柴火堆、煨暖的星星、炭火、燒紅的夢，最後直接由「一爐燒紅的夢供應著能量」，透露出火的昇華提升了生命的意蘊與境界。其中不可疏忽的是「煨暖的星星」，星星、螢火蟲、落日、黃昏、月亮等，屬於火意象中之靜者、冷者、遠者，在白靈詩中經常出現，以《五行詩及其手稿》計數，一〇二首詩中，星星出現十二次、螢火蟲三次、落日五次、黃昏五次、月亮六次，合計三十一次，佔整部詩集約近三分之一的首數。這些意象可以視為經過冷凝、純淨、省思或推遠等昇華作用的火性「潛意象」，其所形成的清淨功德猶如白靈詩中所稱的露珠（你／看過骯髒的／露珠嗎），[71]亦如白靈詩中的陶瓷（心已裸裎，於肉體之外／渴望，火之包裹）。[72]露珠之清澈明亮，是「水」經過火的蒸餾所凝成，陶瓷之晶瑩剔透，是土經過火的高溫所燒製，白靈詩的精鍊呈現這種「火」後的清淨之功。

杜十三曾說白靈是：「經常以衝撞民族的痛為『樂』，以檢驗人間的苦難為必然的詩人。」但他最後認為「再堅硬的時代再頑強的歷史，激烈後終歸風清月明，高山之下畢竟平原遼遠，海岸必將以綿長的時間撫平碎裂的傷痕。」[73]唯有經過熱烈高溫的鍛冶，才有劍一般銳利，陶瓷一般穩定的白靈詩篇。

70 白靈：〈野營〉，《五行詩及其手稿》，頁171。

71 白靈：〈露珠〉，《五行詩及其手稿》，頁187。

72 白靈：〈戲陶——遊鶯歌鎮〉，《五行詩及其手稿》，頁181。

73 杜十三：〈白靈詩作的時間性、空間性與人間性〉，《臺灣詩學季刊》第31期，2000年6月，頁198-205。

第七節　結語：白靈詩與火相互映照彼此輝煌

> 孤獨的火苗是孤獨的見證，是把火苗與遐想者結合在一起的孤獨地見證。
> 火苗照亮了遐想者的孤獨，照亮了思想者的前額。
> 燭火是空白紙頁上的星星。[74]

巴舍拉如詩的語言，是見證白靈火性詩作最好的結語。火的「炎上」形象，是白靈熱情的身影，多才的藝術光輝，具有特出的向度與亮度；火的「作苦」特質，則是白靈詩與生命的體會與內涵，具有不可測的深度與廣度。我們從爐火遐想發現白靈詩心的最初依託，從燭焰閃爍看見白靈詩緒的躁動不安，以炎上作苦測得白靈詩魂的根柢精神，最後以昇華純潔期待白靈詩神的清淨功德，白靈的詩與火光，如是相互映照，相互輝煌。

---

74 〔法〕加斯東・巴舍拉（Gaston Bachelard）著，杜小真、顧嘉琛譯：《火的精神分析・附：燭之火》，頁145。

附錄

五行與萬事萬物匯通表

	木	**火**	**土**	**金**	**水**
五材	木	火	土	金	水
五色	青	赤	黃	白	黑
五方	東	南	中	西	北
五季	春	夏	長夏（季夏）	秋	冬
五節	新年	上巳	端午	七夕	重陽
五時	平旦	日中	日西	日入	夜半
五星	木星	火星	土星	金星	水星
五臟	肝	心	脾	肺	腎
五腑	膽	小腸	胃	大腸	膀胱
五體	筋	脈	肉	皮	骨
五官	目	舌	口	鼻	耳
五指	食指	中指	大拇指	無名指	小指
五氣	筋	血	肉	氣	骨
五榮	爪	面	唇	毛	髮
五志	怒	喜	思	悲	恐
五覺	色	觸	味	香	聲
五液	泣	汗	涎	涕	唾
五惡	風	熱	濕	燥	寒
五聲	呼	笑	歌	哭	呻
五音	角	徵	宮	商	羽
五味	酸	苦	甘	辛	鹹

	木	火	土	金	水
五臭	羶	焦	香	腥	朽
五獸	青龍	朱雀	黃麟／螣蛇／勾沉	白虎	玄武
五畜	犬	羊	牛	雞	豬
五蟲	鱗蟲	羽蟲	裸蟲	毛蟲	介蟲
五穀	麥	黍	禾	米	豆
五果	李	杏	棗	桃	栗
五菜	韭	薤	葵	蔥	藿
五常	仁	禮	信	義	智
五政	寬	明	恭	力	靜
五化	生	長	化	收	藏
五祀	戶	灶	霤	門	井

參考文獻

一　白靈詩集（依出版序）

白　靈　《後裔》　臺北市　林白出版社　1979
白　靈　《大黃河》　臺北市　爾雅出版社　1986
白　靈　《沒有一朵雲需要國界》　臺北市　書林出版公司　1993
白　靈　《愛與死的間隙》　臺北市　九歌出版社　2004
白　靈　《女人與玻璃的幾種關係》　臺北市　唐山出版社　2007
白　靈　《五行詩及其手稿》　臺北市　秀威資訊科技公司　2010
白　靈　《昨日之肉》　臺北市　秀威資訊科技公司　2010

二　白靈方法論集（依出版序）

白　靈　《一首詩的誕生》　臺北市　九歌出版社　1991　2006新版
白　靈　《煙火與噴泉》　臺北市　三民書局　1994
白　靈　《一首詩的誘惑》　臺北市　河童出版社　1998　九歌出版社　2006新版
白　靈　《一首詩的玩法》　臺北市　九歌出版社　2004

三　中文書目、篇目（依姓氏筆劃序）

〔漢〕孔安國傳　〔唐〕孔穎達等正義　《尚書正義》　臺北市　新文豐出版公司　2001
〔漢〕司馬遷撰　〔唐〕司馬貞索隱　張守節正義　〔宋〕裴駰集解　《史記·孟子荀卿列傳第十四》　臺北市　天工書局　1985
〔漢〕班固等撰集　〔清〕陳立疏證　《白虎通疏證》　北京市　中華書局　2007

何金蘭　〈在「生／死」「左／右」的夾角「入／出」「游／游」——試析白靈鐘擺一詩〉　臺北市　《創世紀詩雜誌》159期「詩作筆談新輯：時間在存有中滴答——白靈詩作筆談小集」　2009年6月　頁48-65

余光中　〈與永恆拔河〉　《與永恆拔河》　臺北市　洪範書店　1979　頁133-134

杜十三　〈出口〉　《石頭悲傷而成玉》　臺北市　思想生活屋文化公司　2000　頁50-51

杜十三　〈白靈詩作的時間性、空間性與人間性〉　《臺灣詩學季刊》第31期　2000年6月　頁198-205

辛鬱、白靈　〈詩的跨世紀對話：平面詩和網路詩的趨勢〉　臺北市《創世紀詩雜誌》123期　2000年6月　頁12-23

唐君毅　《中國哲學原論》　臺北市　臺灣學生書局　1979

勞思光　《新編中國哲學史》第二冊　臺北市　三民書局　2004

賀　娟　〈五行與中國傳統文化——賀娟教授在清華大學的演講〉北京市　《光明日報》　2009年10月22日

黃　硯　〈詩心慧眼——白靈的夢境與現實〉　《卓越雜誌》12期1999　頁170-174

瘂　弦　〈待續的鐘乳石〉　《大黃河》　序頁10

萬登學　〈寄寓深遠詩思深邃——淺論白靈短詩〉　《臺灣詩學季刊》第26期　1999年3月　頁112-115

鄭慧如　〈詩，是嚴肅的遊戲——白靈的詩與詩論〉　林明德總策劃《臺灣新詩研究——中生代詩家論》　臺北市　五南圖書出版公司　2007　頁268-304

四　中譯書目（依姓氏字母序）

Bachelard, Gaston（加斯東・巴舍拉）著　杜小真、顧嘉琛譯　《火的精神分析・附：燭之火》（*The Psychoanalysis of Fire*）　北京市　生活・讀書・新知三聯書店　1992

Bachelard, Gaston（加斯東・巴舍拉）著　顧嘉琛譯　《水與夢——論物質的想像》（*Water and Dreams: An Essay on the Imagination of Matter*）　長沙市　岳麓書社　2005

Stone, Irving（伊爾文・史東）著　余光中譯　《梵谷傳》（*Lost for Life*）　臺北市　九歌出版社　2009

第六章
水的鼓盪與火的幻化：
以杜十三〈愛情的嘆息〉為觀察對象

摘要

杜十三以多象限的經營方式，抒發其才藝與創意，在新詩人群中獨樹一幟，詩作的書寫、詩集的出版，往往另闢蹊徑，既不與前人同，亦不願蹈昔日之我的窠臼，探究他書寫美學之最初根柢，不是土之涵容無限，不屬金之犀利銳變，當然更非木之固著於地、漸進於天可以相彷彿，應該是智慧的水的想像與無可比擬的火的閃爍，最為類近。本文經由古中國五行中「水」的特質，一窺杜十三私我之情與大我之義，也一探杜十三因悲傷而結晶的情詩之所以動人之處，在於：潤下的水的深情，鼓盪的水與火的屬性，幻化的水與火的想像，瑰麗的火的語言，傳達出情愛的無限與生命的無常，驚嘆之後引人長思。

關鍵詞：杜十三、五行、火的語言、水的潤下、愛情的嘆息

第一節　前言：相濟的水與火的情緣

杜十三（黃人和，1950-2010）出生於臺灣濁水溪上游、中游之交，是杜姓人家排行第十三的孩子，其父母因食指浩繁將他過繼給竹山鎮黃姓人家，戶籍名為黃人和，長大後以杜十三為筆名，紀念這段因緣。

杜十三與白靈（莊祖煌，1951-）年紀相仿，同為詩壇上具有化學背景、繪畫天賦、設計才能、邏輯思維的全方位詩人，白靈出身國立臺北科技大學化工系，杜十三則為國立臺灣師範大學化學系畢業，兩人曾在「詩的聲光」演出上相互啟發、結合。不同的是，白靈傾注所有心力於詩的藝術工程，擔任過《草根詩刊》主編、耕莘青年寫作會值年常務理事、九歌版《中華現代文學大系·詩卷》編委、主編，創辦《臺灣詩學》季刊，擔任最初五年的奠基主編，出版詩集、詩評，推展詩的方法學《一首詩的誕生》等書，無不與新詩藝術相關；杜十三則投注於繪畫、造型藝術的精力較多，一九八二年杜十三以觀念藝術探討展，藉由當時尚稱便捷的郵遞方式展出其詩、文、劇、畫、歌、影等跨文類創作，並回收讀者意見函作為互動內容，以之作為藝術展出的另一肌理，杜十三因而成為臺灣第一位以詩為主體舉行觀念藝術展的先行者。一九八四年結合詩語言與抽象畫，出版《人間筆記》，一九八六年挖空書籍上半頁，嵌入詩歌錄音帶，出版臺灣第一本聲色兼具「多媒體」詩集《地球筆記》，在未有文化創意之名時，行使文化創意之實，同時啟發了後現代時期夏宇（黃慶綺，1956-）、林德俊（1977-）詩集的編輯製作與材質選擇。

如果真以「化學」（chemistry）這個詞語，作為兼具文學家內涵與藝術家手藝、前衛色彩濃厚的這兩位詩人的公約數，也頗為貼切。

世界原是由各種不同物質所組成，化學則是研究這些物質的組成、結構、性質、化合，並尋求其規律的科學。先民在人與天爭、人與獸爭的時代，發現並利用了「火」，拉開了人與禽獸之間的異同，人也開始由野蠻進入文明，火的「燃燒」就是一種化學現象，不僅改變了物質的內在結構，也改變了人類歷史文明的進展。火的燃燒、灼燒、炙燒，可以使水潔淨、氣化、蒸餾、昇華，可以使許多物質溶解、熔化，可以陶煉土、冶煉金、曲撓木，這些變化都屬於化學性質的改變，因而促使物質本身有了變化，人類從這種物質的改變中發現不同的能量，古代中國、歐洲的煉金術，人類的化學研究，就這樣從「火」、從「燃燒」開始。基本上，詩也具有這種「火」的能耐，詩所使用的語言可能徹底改變了語言的原意，衍生出不同的能量，所謂味在鹹酸之外，所謂言外之意，指此而言。可以說，詩是一把無形的火，改變了語言原有的、獨立的「質」，產生新的詩的「能」。學化學出身的白靈、杜十三，正是中生代詩人中最擅於點火搧風的高手。

白靈曾以普遍性的語言說：「杜十三是屬於火的，他是火焰之子。他窮其一生，就是不斷想盡各種方式，早一點把自己燃燒殆盡。而火是沒有形狀的，無法確知自己燃燒的模樣或方向，僅考量怎樣燃盡自己一生成為灰燼，把熱獻給世界，『把光獻給天空』。」又以化學的專業語言形容杜十三：「當他心肌梗塞倒下的那一刻，說不定會突然想起他早已忘記多年的化學專長，如果那時有一粒硝化甘油片就好了，因為那是基本常識。而硝化甘油卻也是烈性炸藥，救命丹又是焚身之物，只是一淡一濃而已。但他可能不知硝化甘油片有『燒焦的甜味』，而且熔點是13℃，十三，他最愛的數字，也是與他一生命運最有關的開端。」[1]因而學化學的白靈斷言學化學的杜十三「充滿了前

1　白靈：〈把光獻給天空——火焰之子杜十三〉，《聯合報・副刊》，2012年10月23日。

衛的火的彩光，和翻轉自我的火之顛覆性」。[2]

整體而言，白靈與杜十三詩作都有「火的彩光」、「火的顛覆性」這種屬性，但就情詩而言，與火相對的「水」意象就必須納入考量，水與火，既相濟卻又不容的相對性，會在杜十三情詩的書寫上，產生異樣的顛覆與彩光。杜十三的《愛情筆記》[3]曾有一首以〈火〉為題的詩，其中寫的即是水與火的相互協和與輝映，首段點明一個流浪漢蹲在橋墩下，生火煮水，第二段即寫河水、壺水與火的呼應：

> 河水從他的面前流過，在左前方的土丘旁邊形成一處急湍。湍中汩汩的白色水泡，和壺中沸騰的聲音形成一種巧妙的呼應，當他用斗笠搧火的時候，整條潺潺流動的河水，似乎也跟著慢慢的沸滾了起來……。

所謂「火」，不單是柴火、篝火、燭火等「明火」，還包括霓虹燈、星星、月亮這些「暗火」，所以，詩的中段在寫燈火亮起、夕陽如火焰燒著、交通燈誌紅燈不滅，都是暗火的形象。最後兩段如此結束：

> 他猛力搧著。整條河水突然點起了彩色的火，霓虹燈、星星和月亮，隨著一齊升上天空裡閃爍……。

---

2 同前注。

3 杜十三：《愛情筆記：杜十三散文選》，原由臺北市：時報文化出版公司，1990出版。北京市：中國友誼出版公司，1994，另出大陸版《愛情筆記：杜十三散文選》，據書前徐天鋒序文〈杜十三其人及其創作〉說：「這部書是《愛情筆記》的大陸版本，出版時經由作者作了訂正和修改。」因此，本文採用中國友誼版《愛情筆記：杜十三散文選》。此書書名及作者後記〈散文藝術的思考〉都視之為「散文」，是屬於詩的文學，不是非詩的文學。書前白靈和林燿德的序文，都以散文詩看待此書。

> 最後，他用煮過的水沏了一壺茶，坐到河堤上，靜靜的欣賞一幅燒好的夜色。[4]

一個流浪漢在河床上生火煮水的卑微影像，竟然搭配起整條河水的波盪與暮色的璀璨，小景大境，都兼具著水火不容、水火相濟之象，是無情人生的有情寫照。火象屬性的杜十三的情詩，表面上即呈現這種水的靜冷，內在卻是蘊藏著火的熾熱，一如許多化學物質，外觀定靜，一經撞擊、點燃、吞食⋯⋯，卻是爆發力威猛、傷害力強大的炸藥、劇毒，或者是正面的、蓄積的巨大能量，如大河決堤奔散開來。本文選擇《嘆息筆記》卷一〈愛情的嘆息〉作為主觀察對象，輔以《愛情筆記》裡的篇章作為呼應，如此目標單純，焦點集中，必能看清時而相濟、時而不容的水與火的特殊屬性，顯現在杜十三情詩裡的柔性與韌勁。

第二節　潤下的水的深情

《尚書・洪範》提到治國綱領「九疇」，[5]首項便是五行：「五行：一曰水，二曰火，三曰木，四曰金，五曰土。」五行之中又以「水」為首。〈洪範〉「九疇」是箕子（約西元前1122-1082年）在周武王（姬發，西元前1087-1043年）克殷後所提出的九項治國綱領，他在陳述九疇之前說了一段因緣：「我聞在昔鯀陻洪水，汨陳其五

4　杜十三：〈火〉，《愛情筆記：杜十三散文選》，北京市：中國友誼出版社，1994，頁64。

5　《尚書》所謂「九疇」是指：「初一曰五行，次二曰敬用五事，次三曰農用八政，次四曰協用五紀，次五曰建用皇極，次六曰乂用三德，次七曰明用稽疑，次八曰念用庶徵，次九曰嚮用五福，威用六極。」見〔漢〕孔安國傳，〔唐〕孔穎達等正義：《十三經注疏・尚書正義》，臺北市：新文豐出版公司，2001，頁442-446。

行；帝乃震怒，不畀洪範九疇，彝倫攸斁。鯀則殛死，禹乃嗣興，天乃錫禹洪範九疇，彝倫攸敘。」[6]指陳夏禹之父鯀用土堵塞水的方法治理水患，違反了上帝所創造的五行規律，上帝大怒，不賜給他九種治國綱領，治國安民的良策因而未能推行。鯀因而被流放而死，禹繼承父業，上帝賜給禹這九種綱領，夏禹依循綱領而行，天下常理因此恢復而開展。「彝倫攸斁」與「彝倫攸敘」的不同，就在於「水」是否依常道而流，可見箕子的原意也是以「水」的暢順作為所有常理的基型，強調大自然的運行不可違逆。

相傳為管仲（管夷吾，約西元前725-645年）所著的《管子》，其第三十九篇〈水地〉論水多於論地：「地者，萬物之本原，諸生之根菀也。美、惡、賢、不肖、愚、俊之所生也。水者，地之血氣，如筋脈之通流者也。故曰：水，具材也。」[7]大地是萬物之母，古今中外都持這樣的觀點，水，則是地的血氣，像人身的血脈一樣貫通整個大地，大地無水，大地的生機也就消失了，所以說，水是具足一切的存有。為什麼說「水是具足一切的存有」？《管子》最初是以「比德」的說法，提出水能滌盡汙穢，是仁；透明無色是誠；計量不必用平斗斛的「概」，滿就好，這是正；不擇地皆可去，直到平衡為止，屬於義；水往低處流，則是謙卑，而謙卑是道之所在，帝王的氣度。這是水的五德，具足這五德，也就具足一切。但到最後，《管子》說：「人，水也。男女精氣合，而水流形。」強調人類生命的孕育，是由男女精氣交合開始，再由水（精液、羊水）流布而成胎兒。這種以水為萬物本源，以水為生命源頭的說法，跟西方哲學的開創者、「前蘇格拉底哲學」的米利都學派（Miletian school）領導者泰勒斯（Thales，約西元前624-546年），所提出的「萬物源於水」、「水」是最初的元素的說

6　同前注，《十三經注疏．尚書正義》，頁442-446。

7　安井衡：《管子纂詁》卷14，臺北市：河洛圖書出版社，1976，頁3-4。

法，頗有東西相互呼應的感覺。但《管子》「男女精氣合，而水流形」的愛情觀，更為後代柔情似水的說詞提供學理的源頭。

被李約瑟（Joseph Needham, 1900-1995）稱為「關於五行的最重要的中古時代的書籍」，[8]即隋朝蕭吉（約525-614）[9]所著《五行大義》，此書認為「水者，五行始焉，元氣之湊液也。」[10]還引用緯書《春秋元命苞》分析「水」的造字，是由左右兩人（譬男女）交合而生一，一是數字的開始，即表示可以滋衍無數，以此呼應上述《管子》的說法：

> 水之為言，演也。陰化淖濡、流施潛行也。故立字：兩人交、一以中出者為水。一者數之始，兩人譬男女，陰陽交以起一也。[11]

《五行大義》還引用許慎（約58-約147）所云：「其字象泉並流，中有微陽之氣。」(《說文解字》原文：「其字象眾水並流，中有微陽之氣也。」)[12]將「水」字中間的一豎，視為數字一，屬陽，類近

8 〔英〕李約瑟（Joseph Needham）著，何兆武等譯：《中國科學技術史》第二卷《科學思想史》，北京市：北京科學出版社、上海市：上海古籍出版社，1990，頁275。

9 〔隋〕蕭吉，字文休，本籍南蘭陵（今江蘇常州武進)，《北史》卷八九《藝術》上、《隋書》卷七八《藝術》、鄭樵《通志》卷一八三《藝術》三，有其傳，傳稱蕭吉出身齊梁宗室，為梁武帝蕭衍之兄、長沙宣武王蕭懿之孫。參閱蕭吉著，錢杭點校：《五行大義》，上海市：世紀出版集團、上海書店出版社，2001，〈前言〉，頁1-40。

10 〔日〕中村璋八：《五行大義校註》，東京：汲古書院，1998，頁9。

11 同前注，《五行大義校註》，頁8-9。據中村璋八所註：《太平御覽》五十八所引《春秋元命苞》，與此略有不同：「水之為言，演也。陰化淖濡、流施潛行也。故立其字，兩人交，一以中出者為水，兩人譬男女，言陰陽交，物以一起也。」(《五行大義校註》，頁9-10)

12 〔東漢〕許慎著，〔清〕段玉裁注：《圈點段注說文解字（附索引)》，臺北市：萬卷樓圖書公司，2002（再版)，頁521。

佛洛伊德（Sigmund Freud, 1856-1939）性心理學中所指稱的棍棒狀之物，「眾水並流」則屬於陰。《春秋元命苞》以「交合」之象釋水，《說文解字》以「分流」之象釋水，五行中「水」字儼然成為愛情有分有合、有悲有喜的徵象。

杜十三《愛情筆記》裡〈荷〉這首散文（詩），即以水作為情愛的依憑，一開始寫的是水中之天，天空躺在水中，等著水鳥撲撲飛來。一對男女卻在池畔攪亂池水，池水因而像是堆滿皺紋的臉，這皺紋、這水面的波紋，就是人生的喜怒哀樂，最後終究碎為浮萍片片。等雲朵慢慢清澈，天空恢復湛藍，相聚的男女卻已行蹤杳然。這時癡情的水鳥悲慟地飛向池中，奮身葬入飄渺的雲天深處。「一株冷冷的荷花，帶著淚珠，從水中哀怨的站了起來。」[13]這首詩中，鳥與天空的戀情，透過水而完成；一株帶淚的荷的美，也要透過水的洗禮而升起。

水有洗滌汙穢之功，火也有「浴火重生」的可能，但「浴火重生」之浴，顯然也是由「水」字的意象而來。水不僅有滌穢的功能，學化學的杜十三又將化學原料納入思考，寫成〈香水〉，〈香水〉前的小序直言：「為了避免兩性隔閡，男人的夢被製成化學品，賣給女人。」詩文中指出女人進入盥洗室，先以普通的水洗去各種臭味，再輕輕灑下幾滴「巴黎的夢」，然後「女郎化成一隻蝴蝶，香氣撲鼻的在一床絲被中掙扎，從男人沈重的鼾聲中，破繭而出。」[14]這是屬於杜十三的男人的夢、女人的香水。

〈繩索〉是《嘆息筆記》卷一〈愛情的嘆息〉中重要的情詩，以古井垂繩打水作為整體性的意象，有著象徵的性意涵，卻更多男女相互尋索、依賴的深情：

---

13 杜十三：〈荷〉，《愛情筆記》，頁124。

14 杜十三：〈香水〉，《愛情筆記》，頁96。

因為期待／妳銳變成一口古井／躺在庭院裡等著眾人汲水／妳的胸口砌滿青石／妳的臉上佈滿浮萍／妳的體內／隱藏著一潭深沉的心事／隨著日昇月移變換風景

因為飢渴／我銳變成一根繩索／繫著一桶空虛下垂／沿著妳的口唇墮落／在妳的深處探索／在妳的冰冷中掙扎／忙著趕在日出之前／打撈一顆／無法靠岸的心[15]

古井心事的意象，既有神祕的感覺，又有心事即將被揭發的喜悅；繩索打撈，有著騎士探險或救美的俠義精神，也有兩情相悅的深情期待。水意象是開啟杜十三情詩寫作最重要的鎖鑰，而那顆「無法靠岸的心」卻也是杜十三愛情詩篇之所以稱為「愛情的嘆息」的主要原因。

無法靠岸，或無法抵達彼岸的心，都是傷心的愛情，未能找到真愛的愛情。即使做愛的當時也未必確定靠岸或抵達：「進入她的體內之後他發現裡面赫然是一座繁華的大都會／縮小的他於是向上游動企圖接近她神祕的心臟／她立刻用淚水把他排出」，[16]這是無法抵達彼岸，是性卻未必是愛。相反的，「他吻她一次比一次纏綿一次比一次深／第九次吻她的時候／他已經可以清晰的用舌尖觸到那一顆痴狂噗動的心」，[17]這深情的吻，卻是靠岸、抵達之時。杜十三的愛情篇章以心是否靠岸或抵達作為衡量的標尺，可惜感嘆的詩篇總是多些。

15 杜十三：〈繩索〉，《嘆息筆記》，臺北市：時報文化出版公司，1990，頁38-39。

16 杜十三：〈做愛〉，《火的語言》，臺北市：時報文化出版公司，1994，頁53。

17 杜十三：〈吻〉，《火的語言》，頁55。

第三節　鼓盪的水與火的屬性

既有水的外在屬性（液態），也有火的內在的熱烈與狂野，酒類飲品如是，杜十三的情詩亦然。杜十三的〈啤酒〉，淺淡地透露這樣的訊息，〈啤酒〉的極短篇情節設計，以一個女孩為了消逝的戀情而猛飲啤酒為主線，啤酒的麥黃色澤中映照出男孩的身影（昔），她的身旁則是覬覦她的邪惡男人（今）。全詩以三種顏色反覆呈現，白色的啤酒泡沫、唇上的口紅、白嫩的臉、兩片酡紅，紅白交織，是今日現實的慘酷，屬於酒後的火的燥熱；啤酒的麥黃顏色則是溫暖的記憶，屬於水性的、過去深情的象徵。杜十三以啤酒借代所有的酒，借代水與火的鼓盪屬性。

許慎說解「水」字：「象眾水並流」，[18]指水字左右兩旁像眾水向四面八方奔流而去，段玉裁（1735-1815）在許慎說「火」字為「炎而上，象形」後，注曰：「大其下，銳其上」，[19]所謂「銳其上」正是指著火字上面、迸射開來的點點火星。依據造字的本意，「水」與「火」在五行中都有向外多向迸射、遂行的特性，這一點與杜十三的感情的鼓盪性質相彷彿，以《嘆息筆記》卷一〈愛情的嘆息〉中的五首五行詩，可以得到見證。

〈水〉詩：「妳是溪流／在我崎嶇的體內注成了深淵」[20]

〈火〉詩：「火從妳的眼睛開始燒／在我們決定分手的時候／已經無法熄滅了」[21]

---

18 《圈點段注說文解字（附索引）》，頁521。

19 《圈點段注說文解字（附索引）》，頁484。

20 杜十三：〈水〉，《嘆息筆記》，頁26。

21 杜十三：〈火〉，《嘆息筆記》，頁28。

〈金〉詩：「我的血中含鐵／因妳熱情的錘打／變成一把溫柔的刀」[22]

〈木〉詩：「我把妳中在花盆／天天用水澆／／你逐漸的長高了／終於爬上我的胸口／看穿了我的心事——」[23]

〈土〉詩：「因為在妳深層的土壤中／我虔誠的吸吮妳積存的血與淚／所以才能抽出新芽／才能面對天空」[24]

那種溪流匯成深淵、情火無法熄滅的〈水〉詩、〈火〉詩，固不待多言。即如〈金〉、〈木〉、〈土〉詩，都可以看出火與水深入其中的擴張力與蔓延性。就物的屬性而言，金有待於火的錘鍊而成精，土有待於水的滲透與擴張以健全生命力，木有待於水的虹吸原理而成就莖、葉、花、果。「水」與「火」的迸射、遂行特性，使天地間的五行得以運轉，使人間的愛情得以生機活躍。

〈愛情的嘆息〉裡，杜十三以水、火的擴張屬性，描寫情愛的無限，如〈隧道〉裡「用一枚沉默的癡情引爆自己／在生鏽的心底炸開一條通往時間的隧道」，[25]以火的威力喚醒沉寂的愛，極具爆炸力。再如〈沙灘〉這首詩，因妳的熱情（火的屬性），岩石的我可以風化為一片沙灘，用來儲存妳路過的足跡，這是第一次因火熱而形成擴張效果；〈沙灘〉中的妳是以海鷗的形象加以形容，因此妳的重新起飛，「讓所有的晚霞／沿著妳飛行的方向重新堆聚／有如一道火焰匆匆劃過……」這是第二次的火的推遠作用。[26]〈沙灘〉這首詩以沙灘的廣

22 杜十三：〈金〉，《嘆息筆記》，頁22。

23 杜十三：〈木〉，《嘆息筆記》，頁24。

24 杜十三：〈土〉，《嘆息筆記》，頁30。

25 杜十三：〈隧道〉，《嘆息筆記》，頁34-35。

26 杜十三：〈沙灘〉，《嘆息筆記》，頁50-51。

遠象徵情愛的無盡，但沙灘的形成與情人的遠去，則是靠「火」的擴張作為詩內在的支撐。

愛情總在纏綿與分離之際，最容易成詩，也最難以拿捏，杜十三的〈傷痕〉就在敘說這種深情與離情糾結的情愫，而且以水與火的意象傳達，最精采的是首尾相互呼應的兩段：

手與手分離之後
眼與眼仍然相偎廝磨
在站著的夜色和躺著的離愁之間
千條雨絲是凝固的聲音
萬盞燈火
是醒來的昨日
……
唇與唇分離之後
臉與臉仍然相互流連
在站起的離愁和躺下的夜色之間
我默默地用香煙點起一陣晨霧
你偷偷地用口紅塗去一片
紫色的傷痕[27]

兩段的前三句都以「互文」的方式在呈現依依不捨之情，手、眼、唇、臉可以隨意互換，但不論是身體的任何部位暫時分開，其他的器官一定又是相偎廝磨、又是相互流連；夜色與離愁一樣是在又站起、又躺下的循環裡，顯現那種黏連難分。接下來的後三行，水、火的擴

27 杜十三：〈傷痕〉，《嘆息筆記》，頁40-41。

張與震盪，使情意得到最大的渲染。千條雨絲像是凝固的聲音，停歇或綿密都有一股無形的牽扯力勁；萬盞燈火像是醒來的昨日，暗示往事不斷在心中湧現，在心中起伏。千條雨絲的聽覺效果，萬盞燈火的視覺作用，雖是修辭學上的誇飾用法，卻也未嘗不顯現水、火才具有的渲染本色。最後三行，香煙的晨霧，口紅的塗抹，仍然有著火的屬性（煙與紅），仍然是在擴張：煙是火的擴張，霧是煙的擴張，口紅的塗抹本意是在遮掩傷痕，其實卻是傷痕的擴張。當然，不可忽略：紫色的傷痕在這首詩中是性愛激烈的印記。

第四節　幻化的水與火的想像

地球因「愛」旋轉，愛是地球所有生物生存的法則，衰老、疾病也無法阻擋人類對愛的需求與追求。杜十三的愛情觀，有著勇於追求、不懼成灰的火性特質，不僅筆之於文〈「海枯石不爛」功——男人怎麼愛〉，還寫入他的自傳〈濁水溪的倒影〉：

> 得了癌症的佛洛依德在八十歲的時候，仍然意猶未盡的說：「在我這把年紀生活真不容易……，但春天是多麼的美麗，愛情是多麼嫵媚啊！」白髮鶴皮的羅素在七十多歲的時候，也津津有味的抿著嘴唇說道：「我一生追求的只有三件事，第一是對知識的愛，第二是對人類的愛，第三是對異性的愛。」而高貴的哲學大師威爾杜廉也曾經撫住胸口，感觸良深的輕聲嘆道：「喔，親愛的人類，妳能夠行走、奔跑、跳躍……是因為妳的左腿是母親的愛，右腿是情人的愛。」此外，杜老爺（指杜十三自己）年輕的時候也曾經詩興大發，情不自禁的對著地球大喊：「偉大的地球啊，妳不停的用愛旋轉，是為了滋生萬

> 物！」……由此可見，「愛」，尤其是對異性的愛情，對人而言是多麼的重要。[28]

為愛而生，因愛而痛。一般文學作品中作為愛情最直接的象徵物的玫瑰，在《愛情筆記》裡，杜十三以「花」襯托「刺」，指明「愛情像玫瑰，前半生是花，後半生是刺；擁抱是痛，等待是枯萎。」[29]〈刺〉這篇散文（詩）設計主角李明捧著一束盛開的玫瑰去和小珍約會，沿途風雨交加，李明想盡辦法保護玫瑰不受傷害，但小珍看到的、感受到的是花瓣凋落，只剩一把長著刺的梗。因而使李明也看不到小珍曾經有如玫瑰花瓣般的容顏，卻真的看到了逝去的時間像一束玫瑰的刺，犀利的長在小珍哀怨的眼神裡。詩中造成玫瑰花瓣凋落而芽刺突顯的，是風雨交加，雨水沖毀了「玫瑰──愛情──火」這一長串的連結，此詩充滿了「幻化」的詩的想像（如刺長在眼神裡）。

〈刺〉這篇散文（詩），一如《愛情筆記》其他的篇章，安排著極短篇似的故事架構，拉扯出戲劇張力，是吸引讀者閱讀的最大魅力所在，此一特色在杜十三的情詩篇章（如〈愛情的嘆息〉）亦然。任何詩作的情節設計其實跟小說沒有不同，可以據實書寫，也無妨虛構，讀者的追索、考證，並非欣賞或研究時的必要條件。如卞之琳（1910-2000）的〈斷章〉：

> 你站在橋上看風景，
> 看風景人在樓上看你。

---

28 杜十三：〈「海枯石不爛」功──男人怎麼愛〉，《雞鳴．人語．馬嘯》，臺北縣：業強出版社，1992，頁56。此篇文章亦納入杜十三自傳〈濁水溪的倒影〉裡。

29 杜十三：〈刺〉，《愛情筆記》，頁168。

明月裝飾了你的窗子，
你裝飾了別人的夢。[30]

余光中（1928-）曾以〈詩與哲學〉為題，認為「毫無詩意的哲人未免失之枯燥與嚴峻，反之，耽於個人經驗而不能提升為普遍真理的詩人，也恐怕難成大家。」[31]他以〈斷章〉為範，說這首詩有「交相反射，層層更進」的情趣，遞增者如「螳螂捕蟬，黃雀在後」，遞減者如波斯古諺「我埋怨自己沒有鞋子，直到有一天看見別人沒有腳」這種生活上的例子；更進一步的哲學思考，余光中也以「相對」的觀點說這首詩闡明了世間的關係有主有客，主客之勢變易不居，相對而非絕對，你站在橋上看風景，是主，風景是客；別人在樓上看風景，別人為主你為客。甚至於，「物是人非」，風景不殊，人才是匆匆的過客。余光中還隨著詩人思考，站在橋上看風景的你，是向著樓或背著樓？背著樓是樓上人與你「同向遞加」，向著樓則是兩人「相向交射」，有如辛棄疾所說：「我見青山多嫵媚，料青山見我應如是。」[32]余光中由對比而對換，由對換而對向，詩的哲學思索深入而縝密，何須探索私人本事、個人經驗？

卞之琳回憶自己於一九三五年秋天在濟南寫作此詩，是受了周作人（1885-1967）所譯日人永井荷風（ながいかふう，本名永井壯吉，1879-1959）《尺八夜》裡的一段話所影響，[33]這一段話是：「嗚

30　卞之琳：〈斷章〉，此詩最早出現在卞之琳的詩集《魚目集》，上海市：文化生活出版社，1935。我見到的版本是「未名書屋印行」，未註明出版年月，香港大學圖書館藏書（〔中〕PL2795 .I3 Y8 1970z），頁12。

31　余光中：〈詩與哲學〉，《中央日報》，1987年12月11日。此處引自張曼儀編：《卞之琳》，中國現代作家選集，香港：三聯書店，1990，頁253-256。

32　同前注。

33　卞之琳：〈難忘的塵緣〉，《新文學史料》1991年4期。

呼，我愛浮世繪。苦海十年為親賣身的游女的繪姿使我泣。憑倚竹窗茫然看著流水的藝妓的姿態使我喜。賣消夜麵的紙燈寂寞地停留在河邊的夜景使我醉。……凡是無常無告無望的，使人無端嗟嘆此世只是一夢的，這樣的一切東西，於我都是可觀，於我都是可懷。」[34]此一現身說法，證明這是一首深情的詩，是為人世間一切無常無告無望、可觀可懷可嘆之事而寫（浮世繪）。因此，將詩中的「你」、「我」臆測為特定的人，將全詩窄化為愛情之作，反而小看了這首詩。但多少好事者仍然將這首詩當作是為了特定女士而寫的詩，「作者相當長的時間不承認情詩說」，但到了一九九一年詩人卻以中性的語氣說：「現在倒像反受了他們明說或暗示的影響，覺得不能否定這裡無意中多少著了一點我個人感情生活的痕跡」，表現出愛情生活中一種「一清似水，光風霽月」式的境界。[35]仍然顯示他極不願詩與私生活聯想在一起的多事者的臆測。

杜十三選擇以幻化的情節，幻化的水與火的想像，不可能的衍變，作為情詩敘事架構，可以跳脫現實的繫絆與牽連，不在生活中的橋、樓、窗、月中徘徊，免除卞之琳似的尷尬。如〈岸〉詩寫愛的焦渴：

> 妳的唇／卻如夏日乾涸的井／用絲絲龜裂的聲音／呼喚著我／體內逐漸形成的一注清泉

寫性的期待：

---

34 陳丙瑩：《卞之琳評傳》，重慶市：重慶出版社，1998，頁118-119。

35 同前二注，《卞之琳評傳》，頁118-119。

等妳躺成溫柔的兩岸／我乃如一條甦醒的江河／朝你幽遠的深處／流／去[36]

從「一注清泉」到「甦醒的江河」自有其脈絡相通的思理邏輯，但這兩處水意象卻是幻化的想像，歸屬於男性，異於佛洛依德似的性心理，卻可以成為眾人共通的想像或經驗。

歸屬於女性的意象，杜十三的〈妳〉在四季之中依然以幻化的水、火意象為多，全詩把妳看成、聽成、想成、吻成的四組十六句排比句中，火意象就有「一輪彩虹、一幕晚霞、一團火焰、一隻鳳凰、一片月光、一朵帶血的玫瑰」六句，水意象也有「一陣夜雨、一朵流雲、一條河流」三句，還可以看出四季裡的夏與冬也以水意象設置場景：「我隔著夏天的一片海洋靜靜聽妳」、「而在寒冷的冬夜裡啊／我癡情的隔著一層冰雪輕輕吻妳」。[37]這是簡易、單純的女性意象，以水與火的幻化作為最主要的借代詞、形象語。

複雜的男女情愛糾葛，杜十三以〈地圖〉一詩顯現水火對立的局勢，詩前小序點出主題：「我們用心拼成一幅險峻的地圖，用來相互跋涉」，其中水火意象精采地顯現在第二段：

妳用一支口紅塗改面孔嗎？／我用一條領帶遮蓋胸膛／妳在東方／我在西邊／我們隔著一桌迷濛的山水／相互猜拳

妳用一根香菸點燃自己嗎？／我用一壺烈酒浮出心臟／妳在火裡／我在水中／我們沿著一床湍流的河谷／相互呼救

36 杜十三：〈岸〉，《嘆息筆記》，頁36-37。
37 杜十三：〈妳〉，《嘆息筆記》，頁42-43。

> 妳用兩行淚水游向黎明／我用一道皺紋攀向黃昏／妳在白天／我在黑夜／我們撕開一路糾纏的地圖／相／互／逃／難[38]

抽菸、喝酒是杜十三生活中的習慣，但「點燃自己」、「浮出心臟」則進入幻化之境。雖然首末二段不曾出現具體的水火意象，但首段「妳用一支口紅塗改面孔／我用一條領帶遮蓋胸膛」，口紅似火，領帶如水；末段「妳用兩行淚水游向黎明／我用一道皺紋攀向黃昏」，淚水自然是水，黃昏的霞光未嘗不可以看成隱形的火。〈地圖〉全詩周全顯現水火特質，情愛糾葛，杜十三情詩的特殊景觀，就在水火的幻化中令人驚喜。

第五節　結語：水的韌性與火的語言

單純就〈愛情的嘆息〉卷中情詩、《愛情筆記》的篇章作為觀察對象，以時而相濟、時而不容的水與火的特殊屬性，考驗杜十三情詩裡的柔性與韌勁，考驗他幻化無端的語言，可以說：杜十三的詩是「杜十三生命在燃燒中的聲音與語言」，[39]不受單一時空、人物的拘束，一如水、火的擴張屬性，傳達出情愛的無限與生命的無常。

就因為生命與情愛的無限與無常，所以可以肆意發揮杜十三的藝術天分，破除語言、意象原有的框架，解構前人、甚至於前一秒的自己的格局，同時具有海水的鼓盪之力與焰火的璀璨之美，驚嘆之後引人長思。

---

38 杜十三：〈地圖〉，《嘆息筆記》，頁58-59。

39 羅門：〈邁向「前進中的永恆」的詩人〉，《火的語言》，頁10-11。

參考文獻

一　杜十三作品（依出版序）

杜十三　《愛情筆記：杜十三散文選》　臺北市　時報文化出版公司　1990

杜十三　《愛情筆記：杜十三散文選》　北京市　中國友誼出版社　1994

杜十三　《嘆息筆記》　臺北市　時報文化出版公司　1990

杜十三　《雞鳴・人語・馬嘯》　臺北縣　業強出版社　1992

杜十三　《火的語言》　臺北市　時報文化出版公司　1994

杜十三　《杜十三主義》　臺北市　文史哲出版社　2010

二　中文書目、篇目（依姓氏筆劃序）

〔東漢〕許慎著　〔清〕段玉裁注　《圈點段注說文解字（附索引）》　臺北市　萬卷樓圖書公司　2002

〔漢〕孔安國傳　〔唐〕孔穎達等正義　《十三經注疏・尚書正義》　臺北市　新文豐出版公司　2001

〔齊梁〕蕭吉著　錢杭點校　《五行大義》　上海市　世紀出版集團上海書店出版社　2001

卞之琳　〈難忘的塵緣〉　《新文學史料》1991年4期

卞之琳　《魚目集》　上海市　文化生活出版社　1935

白　靈　〈把光獻給天空——火焰之子杜十三〉　《聯合報・副刊》2012年10月23日

安井衡　《管子纂詁》　臺北市　河洛圖書出版社　1976

余光中　〈詩與哲學〉　《中央日報》　1987年12月11日

張曼儀編　《卞之琳》(中國現代作家選集)　香港　三聯書店　1990
陳丙瑩　《卞之琳評傳》　重慶市　重慶出版社　1998

三　中譯書目

〔英〕李約瑟（Joseph Needham）著　何兆武等譯　《中國科學技術史》第二卷　《科學思想史》　北京市　科學出版社　上海市　上海古籍出版社　1990
〔日〕中村璋八著　《五行大義校註》　東京　汲古書院　1998

第七章
酒在現代詩中的文化意義

摘要

酒之於世也！禮天地，事鬼神，射鄉之飲，鹿鳴之歌，賓主百拜，左右秩秩，上至縉紳，下逮閭里，詩人墨客，樵夫魚父，無一可以缺此。這是古人對酒的禮讚。酒在傳統文化中早已樹立一定的文化型模，譬如：內斂的，酒禮所規範的社會秩序；輕狂的，酒氣影響下的民族性格；逍遙的，酒後解脫時的文化思維；神韻的，酒意薰染後的審美品味。在這個大傳統下的酒文化，其實也影響了當代漢詩的寫作，歸納起來，在臺灣展現了這幾種文化意義：其一，酒，讓臺灣詩人暢開詩的大胸懷；其二，酒，為現代詩人盪起詩的新潮浪；其三，酒，在臺灣新詩中豐富文化載體。新詩中的酒文化真是充滿了活潑的生機，豐富的內涵，有時沿襲傳統，將酒當作鄉愁的催化劑，酒當然也可以是眾生的照妖鏡，更多的時候，酒是自我的避風港，最令人嚮往的是：酒成為情義的試金石。因為這些成就，酒在眾多作為文化載體的飲品中，臺灣當代漢詩總算交出亮麗的成績。

關鍵詞：酒詩、文化型模、文化載體、內斂與外放

第一節　酒，在歷史傳承裡樹立文化型模

眾多人類飲用品，由天然食物轉化為智慧美食的過程裡，以時間而言，酒是其中歷史最為悠久的，因為茶與咖啡必須等待特定的植物（茶葉與咖啡果）的發現，酒卻是任何含糖果物、獸乳、人乳、穀物，在過度成熟、存放之後都可能發酵而成；同理可證，就空間而論，酒也是飲用者分布最廣、最多的，產茶的地區不一定產咖啡，喝咖啡的人不一定喝得到茶，但是，水果釀成的葡萄酒、桑椹酒、櫻桃酒、梨酒、杏酒，花釀成的玫瑰酒、菊花酒、桂花酒，穀物釀成的米酒、麥酒、高粱酒、五糧液等等，它們都是酒，都可能在任何土地上、任何民族的生活資源中出現。因此，酒，在人類歷史的進程發展中，在社會文化的構成型態上，都具有一定的醞釀、發酵的作用，值得探索。

「大哉，酒之於世也！禮天地，事鬼神，射鄉之飲，鹿鳴之歌，賓主百拜，左右秩秩，上至縉紳，下逮閭里，詩人墨客，樵夫魚父，無一可以缺此。」[1]酒，在漢族的歷史傳承裡，顯然業已樹立了各種不同的文化型模：

一　內斂：酒禮規範的社會秩序

自古以來飲酒有其制度、禮俗，關於行為的規範、酒器的形制、酒器的擺設、座次的安排、行酒的程序，都有一定的標準和習慣；祭天祭祖、婚喪喜慶的禮制上，酒是眾多祭品、供品、禮品、食品之中

1　朱翼中：《北山酒經》，此處轉引自萬偉成：《中華酒經》，臺北市：正中書局，1997，頁350。

唯一不可或缺的。因此，飲酒之禮規範了君臣的關係，確立了長幼的秩序，維繫了社會倫理。

諸葛亮〈戒子書〉:「夫酒之設，合禮致情，適體歸性，禮終而退，此和之至也。主意未殫，賓有餘豪，可以至醉，無致於亂。」[2] 這種合禮致情，適體歸性的觀念，代代相傳，飲酒文化成為中和文化的具體實踐。

二　輕狂：酒氣影響的民族性格

保守、制約的傳統民族性格，因為酒禮的約束更形拘謹，但在酒氣的沖激之後，人會變得開放、狂野，寡言的人成為多言者，拘泥的人成為豪放者，衝破禮教的束縛，放棄中和的修養，形成民族性格的暫時性大解放，因而改變了思考模式和行為趨勢，創作出新的藝術。

三　逍遙：酒後解脫的文化思維

我們不否認一個人喝酒的因素之一，是因為宦途的失意、現實的挫折、生活的苦悶，但是，喝酒只是一時的解脫，不是根本的解決，喝酒之後他必須重新尋找新的生命出口，因此，有人開闢新疆域，有人逍遙新境界，有人行樂新天地，這種酒後解脫的文化思維，我們可以用「逍遙」二字含括，因而形成相對於禮教為主的儒家文化，如莊子的超然物外、逍遙世間，陶淵明的隱世、避世之想，竹林七賢的逃世、玩世心態，都是不同形式、不同程度的解脫。

---

2 〔東漢〕諸葛亮著，〔清〕張澍輯：《諸葛忠武集》。

四　神韻：酒意薰染的審美品味

飲酒的人講究酒香、酒色，講究酒的清、濁、濃、淡，講究酒器、酒具的美觀，更講究喝酒時的氣氛，這是外在的神韻；內在的神韻則來自形與神的分離，飲酒時栩栩然、飄飄然、醺醺然的感覺，符應《莊子・俶真訓》所言：「身處江海之上，而神遊魏闕之下」的哲學基礎，符應劉勰《文心雕龍・神思》所述：「形在江湖之上，心存魏闕之下」的美學情趣。喝酒的人，要的是辛辣醇厚之味後之味，要的是液態酒味之外的氣態酒香，要的是氣態酒香之上的醺醺然的感覺，這是論詩之人所常言的味在酸鹹之外的滋味說，性靈說、神韻說、境界說都由此而發皇，這是酒意所薰染出來的審美觀，蔚為詩歌長河的主流。

第二節　酒，讓臺灣詩人暢開詩的大胸懷

一般論者認為：臺灣新詩來自兩個根球，其中一個根球是日據下臺灣本土詩人的奮鬥成就，另一個根球是一九四九年自中國大陸來臺、承襲五四新文學運動的火種餘燼。以五行的屬性而言，前一個根球屬土，屬木，是植根於臺灣泥土的本土性植物；後一個根球屬金，屬火，具有銷熔與鑄造的功能，二者各有所長，但都需要智慧之「水」，為之滋潤，為之定型。偏向任何一個根球的創作類型都可能有褊狹、乾枯的命運，扼殺臺灣詩壇應有的生機。

酒，表象上是屬於流動性的水，實質上卻是「入了喉，化作一行驚人的火」[3]，屬火的特質要多於屬水，熱烈的個性要勝過靜定的氣

3　白靈：〈金門高粱〉詩句，蕭蕭編：《八十九年詩選》，臺北市：臺灣詩學季刊社，

質。如此看來，屬土、屬木日據時代臺灣新詩人與酒的因緣並不投合，我們可以觀察到：日據下臺灣新詩觸及「酒」的作品極少，一部《日據下臺灣新文學．詩選集》[4]　收入一百四十多首詩，提到「酒」與「醉」的只有三首，一首是楊雲萍的〈這是什麼聲？〉[5]，三十多行的詩篇只有這麼一行「酒」詩：「我們的姊妹拿著酒瓶，妖冶呈媚的形態的影兒，映在那粉壁上！」為淪落煙花的姊妹悲痛。一首是楊守愚的〈詩〉，此詩第二節這樣比對：「我想：／這麼凜冽的嚴冬，／喝著燒酒熱湯，／還要畏冷嫌涼。／唉！硬著飢腸餓肚的貧民喲！／能不凍傷？」[6] 楊守愚在詩中並未品味酒香醇美，卻以人道主義者的心腸，為硬著飢腸餓肚的貧民神傷。這兩首詩都只在詩中的一小段涉及酒的社會功能，以完整的一首詩來寫醉意的是志廉的〈醉〉：「醉！醉得濛濛／不管南北西東／無拘無束／諒剎那間的勇氣／任隨我意氣所之／／醉！醉得痛快／不管昏黑光明／無拘無束／諒剎那間的熱血／吐露我一生不平／／醉！醉得顛倒／不管環境如何／無拘無束／諒剎那間的自由／高唱我生命之歌」[7]。不過，詩中透露的仍是抑鬱不樂，醉的原因仍是「一生不平」，所有的勇氣、熱血、自由都只是剎那間享有，生命之歌只有在「醉」中才能高唱！五十年殖民政府高壓統治下，臺灣人民的痛苦一直是壓抑著，借酒也不敢宣洩，甚至於無法借酒宣洩，無酒可以宣洩！

相對於日據下有酒也不敢宣洩的壓抑氣息，被稱為攜帶新詩火種到臺灣的紀弦則是詩、酒永不相離的飲者。日據下的詩人只有在醉中

2001，頁137-139。

4　李南衡主編：《日據下臺灣新文學．詩選集》，臺北市：明潭出版社，1979。

5　楊雲萍：〈這是什麼聲？〉，《日據下臺灣新文學．詩選集》，臺北市：明潭出版社，1979，頁3-5。原載《臺灣民報》2卷5號，1924年8月。

6　楊守愚：〈詩〉，同前注，頁163-164。原載《臺灣新民報》350號，1931年2月7日。

7　志廉：〈醉〉，同前注，頁316-317。原載《臺灣文藝》2卷4號，1935年4月。

才有短暫的勇氣、熱血、自由，紀弦則是在自由、熱血、勇氣兼具的氣氛下飲酒以釀詩。

紀弦在一九六三年出版的詩集就直接命名為《飲者詩抄》[8]，是他一九四三至一九四八年大陸時期的作品，其中直接以酒、飲、醉、醺等字為篇名的詩作就有〈生命如果是酒〉、〈飲者不朽〉、〈飲者〉、〈記一個酒保〉、〈美酒頌〉、〈微醺〉、〈半醉〉、〈酒店萬歲〉等篇，四十年後，二○○二年八月紀弦出版小型詩全集《紀弦詩拔萃》[9]，其中詩作皆由九十高齡的紀弦自選，全集九十五首詩中有八首從題目就可以看出與酒有關：〈飲者〉、〈美酒頌〉、〈大麯酒〉、〈上帝造人人造酒〉、〈在禁酒的日子〉、〈總有一天〉、〈廢讀之檢閱式〉、〈一九九九春在加州〉，比例不可謂不高。

如果說紀弦的〈狼之獨步〉預示了臺灣現代詩踽踽獨行的命運，那麼，紀弦的飲者胸懷卻可能是暢開臺灣現代詩胸膛的重要因素。

「生命如果是酒，讓我快快飲吧！」[10]這是紀弦歡愉的呼喚。酒在紀弦心中一直是暢快歡樂的甘泉，是生命裡不可或缺的靈糧：「你使我的生命豐富，／像貯滿金銀珠寶的庫房；／你解放了我的心靈，／像撲著翅膀飛的小鳥。／／就在這恍惚的瞬間，我有了征服全宇宙的意志。／而你，樽中的美酒啊，／豈非我至高無上的主宰麼？」[11]這是紀弦的〈微醺〉，可以感受到酒所帶來的生命的豐富，心靈的舒放，征服宇宙的痛快。以完整的一首〈美酒頌〉[12] 來見證紀弦對酒所敞開的胸懷：

---

8 紀弦：《飲者詩鈔》，臺北市：現代詩社，1963。

9 紀弦：《紀弦詩拔萃》，臺北市：九歌出版社，2002。

10 紀弦：〈生命如果是酒〉，《飲者詩鈔》，臺北市：現代詩社，1963，頁91。

11 紀弦：〈微醺〉，《飲者詩鈔》，頁212。

12 紀弦：〈美酒頌〉，《飲者詩鈔》，頁210-211，或《紀弦詩拔萃》，頁57-59。

使我的心臟快速地搏動著，
使我的血液快速地循環著，
使我樂於工作，
樂於活在世上，
像一具不停的馬達，
從黎明到夜的中央。

使我的生命的各種樂器
發出了大交響，
使我無拘無束地歌，
自由自在地唱，
而這火一般的聲音
又是如此地充滿了力量，
燃燒，燃燒，
飛揚，飛揚，
像鷹隼，
撲著翅膀。

使我的靈魂寧靜
如那山的蒼蒼，
使我的胸懷渺闊
如那海的茫茫。

使我作著預言在我的詩篇裡
像一個古代偉大的先知，

並用我的手杖指著那
閃耀在未來的地平線上的

萬道金光。　啊啊！
使我三呼人類萬歲，世界不朽的
正是你啊，美酒，以產在這島上的
乳房一般的鳳梨釀製的。

你那馥郁，
你那芬芳，
你那陶醉，
舉世無雙：
竟是沒有一個少女的吻
能夠比得上！　　——一九五二・臺北

「使我作著預言在我的詩篇裡／像一個古代偉大的先知，／並用我的手杖指著那／閃耀在未來的地平線上的／萬道金光。」讓紀弦在詩篇裡像先知作著預言，預示著地平線上未來的萬道金光，正是臺灣島上「乳房一般的鳳梨釀製的」美酒。這樣的美酒會讓紀弦即使在病中也發出豪情：「給我拿大杯來！拿罈子來！拿海來！拿全宇宙來！」[13]這樣的豪情可以跟酒仙、詩仙李白的〈將進酒〉[14]相輝映：

君不見黃河之水天上來，奔流到海不復回。君不見高堂明鏡悲

13 紀弦：〈總有一天〉，《紀弦詩拔萃》，頁117-118。

14 李白：〈將進酒〉，《李白詩選》，臺北市：遠流出版公司，2000，頁48-49。

> 白髮，朝如青絲暮成雪。人生得意須盡歡，莫使金樽空對月。天生我才必有用，千金散盡還復來。烹羊宰牛且為樂，會須一飲三百杯。岑夫子，丹丘生，進酒君莫停。與君歌一曲，請君為我傾耳聽。鐘鼓饌玉不足貴，但願長醉不用醒。古來聖賢皆寂寞，唯有飲者留其名。陳王昔時宴平樂，斗酒十千恣歡謔。主人何為言少錢，徑須沽取對君酌。五花馬，千金裘，呼兒將出換美酒，與爾同銷萬古愁。

酒的豪情，使詩人有著先知的誇飾，可以看見未來地平線上的萬道光芒；酒的豪情，讓詩人的生命勇於燃燒、飛揚；酒的豪情，衝破了詩人拘謹的個性，可以跟宇宙精神相往來。

酒，在此刻，讓臺灣詩人真正暢開胸懷，奔馳在詩的原野上。

第三節　酒，為現代詩人盪起詩的新潮浪

因著時代的演變，因著紀弦的鼓舞，因著酒的豪情，詩人的胸懷拓向海的遼闊，盪開詩的潮浪。

自古以來飲酒的詩都在酒的成色、酒的醇美、酒的功能、酒的境界上著眼，紀弦的飲酒美學卻延伸到「酒瓶」，「酒瓶」在紀弦的飲酒詩以及其後的飲酒詩中起了重要的作用。「酒瓶」最早介入飲酒美學的是紀弦的〈生命如果是酒〉之第二節：「生命如果是酒，讓我快快飲吧：一杯也乾了他，一瓶也乾了他。把這生命的杯，把這生命的瓶，當我快快飲盡，啊啊，我要的是那斷然的一擲，砰然的一響，那全的無，破碎的完整；而在其拋物線的終點，看哪，毀滅是善，是真，是美。」紀弦追求的生命美學是快快飲盡，是飲後斷然一擲，是擲後拋物線的終點，是毀滅，雖然這樣的美學奠基在「生命如果是

酒」的假設上，但以「酒瓶」為對象做斷然之一擲，承認「毀滅是善，是真，是美」，竟如他的〈脫襪吟〉[15]一樣，向醜、臭、髒、亂、毀滅、死亡聚集之處，尋求新的發現，尋求新的美的定義。

「瓶」之於「酒」，在修辭學上是一種借代，在心理學裡是一種移情作用，紀弦以之作為酒之代用品，從一九四五年的〈生命如果是酒〉到一九九七年的〈廢讀之檢閱式〉，五十多年來一直是愛酒及瓶。最有名的是六〇年代後期因為顏面神經病變被醫生禁止喝酒所寫的〈在禁酒的日子〉[16]，將「怨」發洩在擲瓶的動作上，愛恨糾纏的苦引來無數飲者、非飲者的同情：

在禁酒的日子，在長期的病中，
把那些喝空了的瓶，各色各樣的，
成打的排起隊來，加以回味之檢閱，
一面猛嚥著欲滴的口水；然後
又對準了水泥牆，離遠些，使勁地
一隻隻，一雙雙拋擲過去，
使發出乒乓劈拍之響──
不也是一種大大的過癮嗎？

──一九七二．臺北

15 紀弦：〈脫襪吟〉，《紀弦詩拔萃》，頁21。
16 紀弦：〈在禁酒的日子〉，《紀弦詩拔萃》，頁116。

檢閱酒瓶的行為是「愛屋及烏」的愛，也是「望梅止渴」的望。不能飲酒，轉而寫瓶，卻更加深對酒的繫念。宋朝詞家辛棄疾「將止酒」的戒酒詩也以「杯」作為控訴的對象，將「杯」擬人化，與「杯」對談，可以看出詩人心性的天真，當然也見出詩人對酒的深層迷戀：

> 杯汝來前，老子今朝，點檢行骸。甚長年抱渴，咽如焦釜；於今喜睡，氣似奔雷？如說劉伶，古今達者，醉後何妨死便埋。渾如此，嘆汝於知己，真少恩哉！
> 更憑歌舞為媒，算合作、人間鴆毒猜。況怨無小大，生於所愛；物無美惡，過則為災。與汝成言：勿留亟退，吾力猶能肆汝杯。杯再拜，道：麾之即去，招亦須來。[17]

鄭愁予是現代派的名家，也是紀弦所謂的「四大飲者」之一[18]，他的詠酒名篇是〈最美的形式給予酒器〉[19]：

> 酒　是李白的生命
> 　　滌蕩千古愁　留連百壺飲
> 酒　是杜甫的情誼
> 　　肯與鄰翁相對飲　隔籬呼取盡餘杯

---

17 〔宋〕辛棄疾：〈沁園春——將止酒，戒酒杯使勿近〉，《辛棄疾詩選》，臺北市：遠流出版公司，2000，頁105-106。

18 四大飲者，指紀弦、鄭愁予、羅行、楚戈、許世旭等五人中之四位，見紀弦：〈大麴酒〉後記，《紀弦詩拔萃》，頁103-104。

19 鄭愁予：〈最美的形式給予酒器〉，《寂寞的人坐著看花》，臺北市：洪範書店，1993，頁130-132。

於我　酒卻是自然
　　　我醉著　靜的夜　流於我體內
　　　我已回歸　我本是仰臥的青山一列

所以　酒是天井的淳水
　　　一圈星子圍著汲取
　　　酒是長河的源泉
　　　大海從千里外伸手牽引
　　　酒是一杯自然
　　　樵也飲　漁也飲　書生也飲

所以　最美的形式給予酒器
　　　之為卣　之為斝　之為葫蘆　之為囊
　　　最美的顏色給予酒
　　　飲晴空之深湛
　　　啜霞空之瀲灩
　　　是化了的羊脂與雞血
　　　是含淚美目之微褐
　　　最美的情操　給予飲酒的人
　　　「好漢剖腹來相見
　　　飲哪！杯底不可飼金魚！」
　　而　最美的回憶
　　　（哎　最美的自己）
　　　給予
　　　微醺

微醺是枕著山仰臥　全身成為瀑布
微醺是左手二指拈花　右手八指操琴
微醺　抬頭滿天的燈
　　　低頭滿座的美人
微醺就是微醺
環顧左右　想要一個個地吻過去

鄭愁予將酒加以全方位的美化，從歷史中李白的生命、杜甫的情誼，說到自己與酒如天人之合一，說到酒器、酒色的美，飲酒者情操的美，微醺之美，是完整的一篇頌酒之歌，全詩三十三行，卻只有兩行寫酒器，而且只是據實列舉四種酒器，未加任何讚語美辭，不過，我們必須注意：這首詩的標題卻是〈最美的形式給予酒器〉，以「酒器」為名為題，寫「微醺」之實之美，由「酒」一蕩而「瓶」，借力使力，更有一種蘊藉、含蓄之妙，這正是現代詩人蕩開詩的潮浪，一波一波湧開的技法。

洛夫的〈獨飲十五行〉[20]寫臺灣退出聯合國時詩人心中的氣惱，典型借酒以洩心中之憤的作品：

令人醺醺然的
莫非就是那
壺中一滴一滴的長江黃河
近些日子
我總是背對著鏡子
獨飲著

20 洛夫：〈獨飲十五行〉，《魔歌》，臺北市：中外文學月刊社，1974，頁84-85。

胸中的二三事件

嘴裡嚼著魷魚乾
愈嚼愈想
唐詩中那隻焚著一把雪的
紅泥小火爐

一仰成秋
再仰冬已深了
乾
退瓶也只不過十三塊五毛

「壺中一滴一滴的長江黃河」，雙關語，指著壺中不盡的酒液，也指著心中一點一滴、繫念不已的長江黃河，「壺中一滴一滴的長江黃河」也就是後面提到的「胸中的二三事件」，「胸中的二三事件」正是「壺中一滴一滴的長江黃河」。獨飲，是因為胸中牽掛二三事件，牽掛回不去的長江黃河。嘴裡嚼著魷魚乾，想著唐詩裡的紅泥小火爐，是因為喝酒再也不是悠閒的情致，再也不可能有悠閒的情致。「一仰成秋／再仰冬已深了」的誇飾，則是心中惱怒憤慨，糾結深重，無可排解。「乾」，看似豪爽的一個字，卻是無可如何的一種鬱悶的宣洩。這樣的懊惱，洛夫跟紀弦一樣，從獨飲的「酒」一蕩蕩到「瓶」:「退瓶也只不過十三塊五毛」，這一蕩蕩到不相干的「退瓶」動作，比「乾」還豪爽，當然也比「乾」還鬱悶，還無可如何！

鄭愁予的酒器是美的，洛夫的退瓶是無可排解的憤恨，更年輕的汪啟疆的「瓶」則是酒後虛擬的存在，他的〈三日飲酒〉詩，「第二天飲酒」說：「身軀的空際太小，喝酒使世界在裏面發酵／擴展、馳騁、長嘯……祇兩瓶烏梅哩。我無限起來」……「再飛、飛起來，一同飛到／美麗的，一瓶瓶烏梅酒搭成的／樹上，與某一酒瓶等高，我溫柔的吻／一個無畏男子的吻何其溫柔又動人的印在／永恆之酒瓶上喲」。[21]酒使人無限，使人飛起來，飛到一瓶瓶烏梅酒搭成的樹上，這酒瓶搭成的樹塔，當然是虛擬的；我溫柔的吻，印在永恆的酒瓶上，這永恆的酒瓶，當然也是虛擬的。這虛擬的酒後世界才是真正詩的世界，這想像力的虛擬才是真正詩世界的真實。酒，蕩起這一波波詩的潮浪。

第四節　酒，在臺灣新詩中豐富文化載體

就在酒所蕩起的這一波波潮浪中，酒，無形中擔負起由飲食文化所提升的育樂功能、審美情趣，甚至於民族文化的改造，在臺灣新詩中成為新的文化載體，充滿了活潑的生機，豐富的內涵。

一　酒——鄉愁的催化劑

顏崑陽在《月是故鄉明》的序言中指出懷鄉詩的起因：「一、是知識分子遊宦各地；二、是戰士征戍前方；三、是時代亂離而迫使人們流落異地；四、是人們為了討生活而離鄉背井。」[22]這四大原因在當代臺灣並未消失，特別是一九四九年的大移民潮，更使臺灣現代詩處處溢流鄉愁的苦澀，而酒，乃成為此一苦澀鄉愁的催化劑。[23]

21 汪啟疆：〈三日飲酒〉，《海洋姓氏》，臺北市：尚書出版公司，1990，頁117-123。

22 顏崑陽：《月是故鄉明》，臺北市：月房子出版社，1994，頁5。

23 顏崑陽：〈酒入愁腸，化作相思淚／鄉愁的催化劑——酒〉，《月是故鄉明》，頁248。

羊令野的〈酒泉賦〉[24]可以作為這種鄉愁詩的前期代表：

流啊　酒泉
芬芳的可以看見花開的容顏
從我的舌頭上蜿蜒著
一條黃河天上來的歌聲
唱成九曲的愁腸

流啊　酒泉
清脆的彷彿故鄉冬夜裂帛的溶雪
從我的血脈流出十指的
斑爛醉人的家書一帖

流啊　酒泉
晶瑩的月光醞釀的眼淚
溢出了杯中的影子
夜夜守望
一次渡海的黎明

羊令野筆下歌詠的「酒泉」其實是當時只有三十年歷史的金門高粱酒，但他以中國地名「酒泉」作為賦詩的對象，一方面造成歧義的效果（「酒泉」是地名，也是酒如泉、愁如泉的暗喻），另一方面卻是鄉愁（思念中國）的外鑠。

以酒為鄉愁的文化載體，才可能從酒的「芬芳」看見「花開的容

24 羊令野：〈酒泉賦〉，《羊令野自選集》，臺北市：黎明文化公司，1979，頁141-142。

顏」，才可能從「舌頭」蜿蜒出「黃河天上來的歌聲」、唱成「九曲的愁腸」，這是酒的魅力，也是鄉愁的重苦，將眼前的酒香轉換為黃河的愁腸。高粱酒的烈，所以能從血脈流出血書（斑斕醉人的家書）；金門的戰地身分，所以才會「守望渡海的黎明」。

後期的鄉愁詩仍然充滿有鄉歸不得、有鄉思不得的無奈，洛夫的〈飲我以花雕〉可以作為代表：

> 醉眼中，花雕仍不乏江南水色／有時總忍不住以手指／在桌上寫滿山河的名字／想想，最後還是用衣袖拭去／真能全部拭去也還罷了，而……
>
> 怕只怕喝下去後那種暖暖的湧動／竟成你我明日的警訊／心悸歸心悸，這究能引起何種風波？／不論在壺中或腹中／最多漾成一朵小小的漣漪

酒與超現實主義的技巧會合，洛夫的酒詩依然從「酒」蕩至「杯」，悲憤、流血，而至體溫驟降：

> 你們說的也是／地震在唐山，距離／手中的花雕，花雕中的江南／畢竟嫌遠了些／雙手愈握愈緊／啪地一聲，酒杯炸裂／血流滿掌／體溫／隨酒溫驟然下降[25]

這樣的鄉愁詩已非唐詩宋詞之感興所能及。酒，催化了鄉愁，激化了詩意，豐富了自己成為文化載體的承載量。

---

25 洛夫：〈飲我以花雕〉，《時間之傷》，臺北市：時報文化公司，1981，頁121-123。此三段為節選。

二　酒——眾生的照妖鏡

「有海／在體內洶湧／才半瓶陳年紅露／濁浪排空，淘盡的千古英雄／一個個如剝殼的明蝦／你拿起筷子在盤中點名／喏！數風流人物盡在其中了」。[26] 喝酒之後，人的意興開始飛揚，怯懦的人勇於展現自己，寡言的人敢於舌戰別人，平時就意興飛揚的人更期望自己成為全場矚目的焦點，所以會有洛夫煮酒論英雄、論劍、論詩、論女人的〈煮酒四論〉的豪興。因為酒，所以可以歷數古今多少歷史人物、風流事蹟；因為酒，所以可以「在石壁上鑿詩一首／策馬穿過廿四史」；因為酒，所以男人世界煮酒論女人，敢說：「說是水，她又耕成了田／說是樹，她又躺成了湖／說是星，她又結成了鹽／說是魚，她又烤成了餅／說是蛇，她又飛成了鷹」[27]，唯酒與詩的豪興可以致此。

酒，通常又與色相結合，社會的眾生相就更纖毫畢露。前舉日據時代詩人楊雲萍的〈這是什麼聲？〉：「我們的姊妹拿著酒瓶，妖冶呈媚的形態的影兒，映在那粉壁上！」拿著酒瓶，妖冶呈媚，這是為煙花姊妹淪落而悲痛。二十世紀末詩人杜十三仍然看到這樣的悲痛：

> 她把白色的泡沫連同唇上的口紅一齊吃進去，在白嫩的臉上，慢慢的擠出兩片酡紅。
> 酒杯中殘留的白沫底下是透明的麥黃，透明的麥黃之中，則是清晰的，卡拉 OK 舞臺上一個男孩的影子，正隨著杯中幾顆上昇的氣泡扭動著身體，她也扭動著身體，用上半身美妙的曲線呼應著滿室的醉意和青春，讓旁邊一隻男人的手，不停的為她斟入啤酒。

26 洛夫：〈煮酒四論〉，《時間之傷》，臺北市：時報文化出版公司，1981，頁95-100。
27 洛夫：〈煮酒四論〉，同前注。

她繼續把白色的泡沫和透明的麥黃倒入紅色的嘴巴裡，跟著哼出了濁濁的歌聲，逐漸的，男孩的影子由一個變成兩個，兩個變成四個……。

最後的一瓶啤酒是旁邊的那個男人——嘴邊冒著泡沫，很有禮貌的，邪笑著站了過來，正準備帶她去解除嚴重的乾渴。[28]

與杜十三相近年歲的白靈的詩〈酒及其他〉:「三尺高的酒杯椅上／靈魂被肉體旋得盲盲無目／這一季的長悶乃自火山口跌下／竟隨著顫顫抖抖的黃酒啊／傾出」[29]；侯吉亮的詩〈飲酒歌〉:「鄰座吵酒的聲勢不時驟然暴漲；當酒精／以血的速度奔湧體內／向分歧多義如微血管的語意擴散／我看到／肢體交疊著肢體／笑與不笑的容顏都開放成／一朵朵／泛紅多水的／桃花。」[30] 這是酒店、酒吧、酒廊、酒家文化，藉著酒，隨著顫顫抖抖的酒，傾瀉而出。

酒，社會的照妖鏡，眾生萬象無法遁逃於酒所蕩漾出來的迷離世界，無所遁形於詩筆的一刀一刻。

三　酒——自我的避風港

酒國，醉鄉，恐怕是自我最好的隱避處，紀弦的〈飲者〉首末二節表現了這種孤獨之王的風範與追求:「在以一列列酒罈築就的城堡中，／我的默坐／是王者的風度。」「我的離去和我的王朝的傾覆，／是當有第二個顧客踏進來，／並侵犯了我的偉大的孤獨時。」[31]自此，詩人在酒的國度裡擁有自己的天地。

---

28 杜十三:〈啤酒〉,《新世界的零件》，臺北市：臺明文化，1998，頁152-153。

29 白靈:〈酒及其它〉,《後裔》，臺北市：林白出版社，1979，頁72-73。

30 侯吉諒:〈飲酒歌〉,《詩生活》，臺北市：麥田出版社，1994，頁72-75。

31 紀弦:〈飲者〉,《飲者詩鈔》，臺北市：現代詩社，1963，頁164-165。

相對於紀弦的外放個性，楊牧是一個內斂型的儒者，但在洗盞倒酒，避入自我天地的儀式裡，卻有著共同的程序與軌跡：

古人挑燈看劍
聽咽啞的角聲
在長牆短垣外挫折
他的慷慨常常隨秋雨平息
思索幾句變雅下酒，詩曰：
漸漸之石維其高矣……
心事蕭條寂寞，零落
北芒阪。今晚乍見冷霧飛滿一大街
我乃轉身關門洗盞倒酒枯坐讀魏碑[32]

這是學者的飲酒詩，與古人「挑燈看劍／聽咽啞的角聲」相媲美，楊牧遁入的自我天地是「洗盞倒酒枯坐讀魏碑」，藉著酒，形神分離，形更可枯坐，神更能讀魏碑而不知其久暫。

女詩人朵思描寫的「醉」的感覺，真的就在自我的飛昇：「沾滿酒香的我的唇舌我的手／站在酒中的我的腳／爭相問候飄飄離地而行的我的身」[33]，尹玲的〈酒〉詩則將自我化身為酒：「我是你愛的任何一種／葡萄酒」、「請讓我呼吸／呼吸到恰恰好時／請飲我／　飲／　盡／　　　我」[34]，完整的我隱入酒液之中，完全溶於你，最徹底的自我投入。

32 楊牧：〈飲酒詩兼呈恩綺借觀鄭文公碑全錄〉，《楊牧詩集Ⅱ》，臺北市：洪範書店，1995，頁216。

33 朵思：〈醉〉，《飛翔咖啡屋》，臺北市：爾雅出版社，1997，頁49-50。

34 尹玲：〈酒〉，《尹玲短詩選》，香港：銀河出版社，2002，頁30-35。

四　酒——情義的試金石

酒使自我徹底投入，當然也使人與人之間的情義泯然契合。白居易客氣的問劉十九：「晚來天欲雪，能飲一杯無？」是朋友之間「情意」的展佈，到了現代詩人蘇紹連手中，加以變奏，則是「情義」的焊接，緊密的結合：

從綠色的裡面借一些寧靜，好嗎
從紅色的裡面借一些溫暖，好嗎

我為你釀一壺酒，好嗎
我為你燒一爐火，好嗎

我在綠色的裡面和紅色繾綣，好嗎
我在紅色的裡面和綠色擁吻，好嗎

爐火把我的身影投射在天空，好嗎
你看到我的身影就來喝一杯，好嗎

把我釀成酒，好嗎
把我燒成灰，好嗎[35]

釀成酒，燒成灰，深深嵌進情義的深處。蘇紹連只是替古人相約酒伴而發聲，已經如此水乳交融，情義相吸。陳大為借酒與古人神交，是自我的決志，又顯現另一種心嚮往之的情義結合：「你的龍／你獨自

---

35 蘇紹連：〈「問劉十九」變奏曲〉，《臺灣詩學季刊》第16期，1996年9月，頁42。

飼養的語言和氣勢在眾生／無比庸俗的瞳孔之外醒來／靈魂爬到詩的高峰／忽冰忽火的敘述咬住我的閱讀／齒印還痛／靜脈動脈都是烈酒──」[36]。血脈中都是烈酒的情義，是情深義重的情義，釀自酒的深情重義。

酒是情義的試金石，白靈的〈金門高粱〉[37] 將人與島的情義推到另一個高峰，從「高粱」（酒）而及於「金門」（島），是荒謬的推理，卻反而更加重了酒的份量，加重了人與酒、人與島的情義。首段突顯戰地金門、金門高粱特有的剛烈，是截至目前為止，形容金門高粱最傑出、最撼人、最能探入神髓的詩句：

只有炮火蒸餾過的酒
特別清醒
每一滴都會讓你的舌尖
舔到刺刀

「舔到刺刀」的辛烈，是烈火金質的情義。

這樣烈火金質的情義，即使有「趁半醉半醒／雙手朝兩頭一推／把海峽兩岸都推到／千年之外」的酒話，醒來之時仍不免有「大呀！這裡種下的炮彈／竟比長出的高粱還多！」看似玩笑之語，卻是深情之作，對於一座近五十年來對臺灣本島具有捍衛功能的海島。

因為有這種情義之作，酒，作為一種文化載體，臺灣現代詩才算交出亮麗的篇章！

---

36 陳大為：〈將進酒〉，《盡是魅影的城國》，臺北市：時報文化出版公司，2001，頁13-14。

37 白靈：〈金門高粱〉，蕭蕭編：《八十九年詩選》，臺北市：臺灣詩學季刊社，2001，頁137-139。

參考文獻

中文書目篇目（依作者姓氏筆劃序）

尹　玲　《尹玲短詩選》　香港　銀河出版社　2002

白　靈　《後裔》　臺北市　林白出版社　1979

朵　思　《飛翔咖啡屋》　臺北市　爾雅出版社　1997

羊令野　《羊令野自選集》　臺北市　黎明文化公司　1979

李　白　《李白詩選》　臺北市　遠流出版公司　2000

李南衡主編　《日據下臺灣新文學・詩選集》　臺北市　明潭出版社　1979

杜十三　《新世界的零件》　臺北市　臺明文化　1998

汪啟疆　《海洋姓氏》，臺北市　尚書出版公司　1990

辛棄疾　《辛棄疾詩選》，臺北市　遠流出版公司　2000

侯吉諒　《詩生活》　臺北市　麥田出版社　1994

洛　夫　《時間之傷》　臺北市　時報文化出版公司　1981

洛　夫　《魔歌》　臺北市　中外文學月刊社　1974

紀　弦　《紀弦詩拔萃》　臺北市　九歌出版社　2002

紀　弦　《飲者詩鈔》　臺北市　現代詩社　1963

陳大為　《盡是魅影的城國》　臺北市　時報文化出版公司　2001

楊　牧　《楊牧詩集Ⅱ》　臺北市　洪範書店　1995

萬偉成　《中華酒經》　臺北市　正中書局　1997

鄭愁予　《寂寞的人坐著看花》　臺北市　洪範書店　1993

蕭蕭編　《八十九年詩選》　臺北市　臺灣詩學季刊社　2001

顏崑陽　《月是故鄉明》　臺北市　月房子出版社　1994

蘇紹連　〈「問劉十九」變奏曲〉　《臺灣詩學季刊》第16期　1996年9月

第八章
小詩含藏蓄存的敘事能量：
以焦桐詩的木質特性為研究中心

摘要

傳統詩歌，學者區分為關注「群體共同價值」及關注「個體存在價值」之創作意向的兩種實踐型態。就詩之篇幅而言，《詩經》、《楚辭》、樂府、古詩之「言志」傳統，其長度遠遠勝過「緣情」走向之唐詩、宋詞、元曲；曲之散曲抒發個人情緒，屬「緣情」之作，可歸類為短小家族，劇曲鋪排眾人遭遇、家族興衰，類近於「言志」詩之篇幅，屬於中等篇章。是以「言志」之詩比起「緣情」之作，篇幅為長。本文則論述擅長敘事詩的現代詩人焦桐（葉振富，1956-），在中長篇之外，他的小詩如何蘊藏敘事能耐，如何發展五行中的「木質」特性，在有限的行句中繼續推進或演展本事，如「木」一般持續成長，預留給讀者更多的想像空間，研發出新情節，進而結合了「群體共同價值」與「個體存在價值」之相互影響，達成相乘效果。

關鍵詞：焦桐、小詩、辯證、木質屬性、敘事能量

第一節　古典小詩：意象與敘事的辯證

春秋戰國之後，魏晉六朝之前，詩的篇幅應該屬於中等篇章，「詩言志」的傳統，[1]「思無邪」的昌言，[2]似乎非三言兩語所能道盡。但是晉朝陸機（261-303）〈文賦〉所提及的「詩緣情」之說，卻讓魏晉六朝之後詩的書寫形成兩大主流：一是賡續傳統的「詩言志」詩歌，以反映政治社會現實、提示個人觀點、諷諭政教為其首要目標；一是「詩緣情」之新論，以小我之感興情意，創作出主體私密的個己審美經驗。由此兩者交互表現出傳統詩歌之特色，學者稱之為關注「群體共同價值」及「個體存在價值」之創作意向的實踐。[3]就詩之篇幅而言，前者如詩經、楚辭、樂府、古詩之大部分篇章，其長度遠遠勝過「緣情」走向之唐詩、宋詞、元曲（散曲）。元曲原有散曲、劇曲之分，散曲屬於單曲，劇曲屬於組曲；散曲抒發個人情緒，劇曲鋪排眾人遭遇、家族興衰。劇曲以戲劇鋪陳為主要內容，所以劇曲的篇幅長度當是小令、中調的十數倍，可以歸屬為「言志」詩，其篇幅屬於中等篇章，而散曲類近於「緣情」之作，可歸類為短小家族。

陸機所言：「詩，緣情而綺靡；賦，體物而瀏亮。」一般論者重心放在詩歌的創作必須內省自己，因情緣意，重視語言的精美華麗；

1　《尚書注疏》卷三，臺北市：藝文印書館，十三經注疏本，1979，頁46。

2　「駉駉牡馬，在坰之野。薄言駉者，有駰有騢，有驔有魚，以車祛祛。思無邪，思馬斯徂。」（《詩經・魯頌・駉篇》）。子曰：「詩三百，一言以蔽之，曰：思無邪。」（《論語・為政》）

3　顏崑陽：〈從詩大序論儒系詩學的「體用」觀──建構「中國詩用學」三論〉，政治大學中文系：《第四屆漢代文學與思想學術研討會論文集》，臺北市：政治大學，2002，頁287-324。並見李百容：〈從「群體意識」與「個體意識」論文學史「詩言志」與「詩緣情」之對舉關係──以明代格調、性靈詩學分流起點為論證核心〉，新竹教育大學：《人文社會學報》第2卷第1期，2009年3月，頁3。

賦體的書寫則以觀察外物、體念他心為主，文字則因偏於敘述而重視清朗亮爽。其實陸機這兩句對比句，也可以視為小幅與巨帙的區隔。賦的體制分為騷體賦、散體賦和抒情小賦，騷體賦受《楚辭》影響，以寫志為主，散體賦假設問答，駢散間出，散文意味重於詩，體制恢宏，長篇廣幅，一般稱為漢大賦，是賦的最重要代表，劉勰《文心雕龍・詮賦》所說的：「賦者，鋪也，鋪采摛文，體物寫志也。」[4]正是提醒我們，賦以體物寫志為主，屬於「言志」系譜，所以篇章碩大。抒情小賦雖為賦體，但以抒情為其核心，風格清新，「緣情」系譜之下，篇幅短小精悍。

所以，根據這兩個系統的比較，「言志」之詩比起「緣情」之作，篇幅為長。唐朝以後的詩篇，言情為多，所以，絕句四句，二十賢人或二十八字；律詩加倍為八句，四十或五十六字而已；宋詞按詞牌填字，百字以內的小令、中調，大約占詞牌的八成，百字以上的詞牌如〈念奴嬌〉（一〇〇字）、〈水龍吟〉（一〇二字）、〈雨霖鈴〉（一〇三字）、〈永遇樂〉（一〇四字）、〈賀新郎〉〈摸魚兒〉（一一六字），也略高於百字一、二十字而已。

顯然，古典詩歌以短篇小幅為多，以緣情興感為其主流。詩人精力多表現在意象的鑄新，少著力於事件的鋪陳。

第二節　現代小詩：意象與敘事的再度辯證

二十世紀現代漢語小詩，早期受傳統詩絕句、律詩，日本俳句、和歌，印度詩哲泰戈爾（Tagore, 1861-1941）三者統合性的影響，大

4　〔南朝梁〕劉勰：《文心雕龍・詮賦》，引自吳林柏：《文心雕龍義疏》，武漢市：武漢大學出版社，2002，頁107。

陸時期冰心（謝婉瑩，1900-1999）的《繁星》、《春水》，日治時期楊華（楊顯達，1906-1936）的《黑潮集》、《心弦集》、《晨光集》，都曾達及高峰。大陸學者呂進（1939-）曾在〈寓萬於一，以一馭萬〉的文章中強調「小詩是漢語新詩的重要品種」。[5]他用「海欲寬，盡出之則不寬；山欲高，盡出之則不高。」證明小詩雖小，但語言文字之外的天地卻是極為寬廣；期望小詩雖小，但語言文字的錘煉功夫卻不可輕忽：「因為小，所以小詩的天地全在篇章之外。工於字句，正是為了推掉字句。」[6]

臺灣最早收集小詩、編輯小詩、論述小詩者，首推羅青（羅青哲，1948-），他在一九七九年編輯《小詩三百首》兩冊，發行甚廣，書前撰述〈讓我們來讀寫小詩〉作為代序，並有導言：〈麻雀小宇宙〉細論小詩，他強調：看七律五律、七絕五絕在古典詩中的地位，便可明白「小詩」創作的重要，認為現代詩人要能接受這樣的挑戰：把白話「小詩」的層次，提升到律詩或絕句的地位。[7]後來，李瑞騰（1952-）也認為小詩是現代新詩的一大宗，應該在「現代詩的類型論」裡立專章討論，甚至於現代「小詩」要和近體詩中的「絕句」、詞曲中的「小令」，在中國詩歌史中鼎足而三，並且引用清朝沈德潛（1673-1769）論七絕的話「語近情遙，含吐不露」，認為以此期待現代小詩，更為貼切。[8]瘂弦（王慶麟，1932-）曾稱呼小詩是詩界的「輕騎兵」，或許達陣的期望值可以增高一些。

---

5 呂進：〈寓萬於一，以一馭萬——漫說曾心〉，曾心：《玩詩，玩小詩——曾心小詩點評》，臺北市：秀威資訊科技公司，2009，頁3。

6 呂進：〈寓萬於一，以一馭萬——漫說曾心〉，曾心：《玩詩，玩小詩——曾心小詩點評》，頁6。

7 羅青：〈讓我們來讀寫小詩〉，《小詩三百首》，臺北市：爾雅出版社，1979，頁13。

8 李瑞騰：〈序〉，張默編著：《小詩選讀》，臺北市：爾雅出版社，1987，序頁6。

羅青之後，張默（張德中，1931-）曾主編《小詩選讀》、《小詩‧牀頭書》，並出版自己的小詩專集《張默小詩帖》，對於小詩顯然下過苦功，他認為：小詩應是「思、情、趣」三者的複合體。[9]「應該是情與趣、意與聲、形與象、疏與密、露與隱、拙與巧……的自然融會，從而臻至一種豁達、素靜、生動、和諧、一舉中的，瞬間爆發料峭之美的綜藝體。」[10]

所以，小詩幾乎是詩的最佳代表，張默感性的頌詞可以看出他的推崇：

> 一首小詩，是一個玲瓏剔透的宇宙。
> 一首小詩，是一片茂林修竹的風景。
> 一首小詩，是一幅氣韻生動的素描。
> 一首小詩，是一抹隱隱約約的水聲。[11]
>
> 在語言上，應力求洗鍊，講求密度與深度。
> 在意象上，應力求突兀、轉折，千變萬化。
> 在感覺上，應力求暢達舒愉，縱橫自如。
> 在節奏上，應力求抑揚頓挫，甚至譜出天籟之音。[12]

一首小詩的負荷等同於任何一首正常結構的詩。

繼張默之後，白靈（莊祖煌，1951-）也認可詩應與「精緻」二

---

9 張默：〈晶瑩剔透話小詩〉，張默編著：《小詩選讀》，臺北市：爾雅出版社，1987，序頁15。

10 張默：〈綻放瞬間料峭之美〉，張默編：《小詩‧牀頭書》，臺北市：爾雅出版社，2007，頁3-4。

11 同前注。

12 張默：〈綻放瞬間料峭之美〉，《小詩‧牀頭書》，頁19。

字相當，像閃電短而有力，像螢火蟲小而晶瑩。[13]這就是詩，詩、不需要長篇大幅，所以「詩」就應該是「小詩」。

繼續閃電與螢火蟲的譬喻，白靈指出小詩的利基就在於引人注目，就在於變化新鮮：「雷霆萬鈞之力常只宜將能量發揮於一瞬，拖沓太久，則早渙散殆盡，不論閃電也罷、螢火也好，其能引人注目，即在於一瞬，因一瞬乃不易把持、易具變化和新鮮之感，因閃爍不定故可引世人之好奇、注目。此即小詩有機會成為新詩大宗之利基。」[14]如果要以一個字來說明白靈所說的利基（引人注目、變化新鮮），那就是「動」字。嬰孩學習的過程，「動」才能引起他的注目，這「動」字不就包含了移動、變化所引起的新鮮感？學習的利基、小詩的利基，都在這「動」字。所以，如如不動的山不會有詩，加上風、加上水、加上蟲鳴鳥叫才是詩；路燈不是詩，會飛的螢火蟲才是詩；但不飛的螢火蟲也是詩，因為牠們又閃又爍，另一種「動」。

二〇〇三年元月《世界日報》副刊林煥彰（1939-）設計「刊頭詩365」的小詩創作，二〇〇六年七月泰華詩人曾心建設「小紅樓」藝苑，加蓋「小詩磨坊亭」，《世界日報》隨之增闢「小詩磨坊」專欄，林煥彰的「小詩磨坊」逐漸形成風潮，二〇一〇年一月回到家鄉，成立「蘭陽．小詩磨坊」，如今受過這種薰陶、教育的同仁遍布泰華、新華、馬華、印華及臺灣詩壇。甚至於落蒂（楊顯榮，1944-）為此而寫成評論專書《六行寫天地——泰印華人新詩美學》[15]。聲勢浩大的小詩磨坊，堅持只寫六行、七十個字以內的作品，觀其論說，也不過是：

---

13 白靈：〈閃電和螢火蟲——序《可愛小詩選》〉，向明、白靈編：《可愛小詩選》，臺北市：爾雅出版社，1997，序頁2。

14 白靈：〈閃電和螢火蟲——序《可愛小詩選》〉，向明、白靈編：《可愛小詩選》，序頁22。

15 落蒂：《六行寫天地——泰印華人新詩美學》，臺北市：文史哲出版社，2011。

篇幅小，形式有精緻之美；
字數少，語言有簡潔之美；
個性化，意念有獨特之美；
有創意，詩想有創意之美。[16]

林煥彰在序孟樊（陳俊榮，1959-）小詩集《從詩題開始》時，說他所提倡的六行小詩，是形式的小，不應以內容的輕薄短小來看待，他所期望追求的小詩「其內涵應能表現有更大的想像空間，如國畫山水、或任何藝術的留白，以及表現的空靈和禪味的境界。」[17]此一說法正呼應他前面所說的「個性化，有創意」。因此，回過頭來看曾經寫過詩學論評《當代臺灣新詩理論》、《臺灣後現代詩的理論與實際》、《臺灣中生代詩人論》的孟樊，也曾經出版純一內容的旅遊詩《旅遊寫真》、純一形式的仿擬（parody）之作《戲擬詩》，在這兩種實驗之後，孟樊出版小詩集，還在有限的的行數裡面（孟樊自限十二行）另設一層限制——詩「從詩題開始」寫起。[18]這是孟樊的個性與創意的顯現。但是，以十二行為小詩最高行數的孟樊，邀請以六行為最高行數的林煥彰寫序，潛意識中有沒有小詩行數何者為佳的辯證期望？倒也值得思考。

小詩行數，各自表述，林煥彰（六行）與孟樊（十二行），相差兩倍，白靈（五行）與向陽（十行）、向明（八行）與羅青（十六行），也相差兩倍，更不要說瓦歷斯．諾幹（Walis Nokan, 1961-）的二行詩與李瑞騰的二十行規格，相差十倍之大。何者為佳？詩評家孟

16 林煥彰：〈六行小詩的新美學〉，《小詩磨坊．馬華卷1》，臺北市：秀威資訊科技公司，2009，頁7。

17 林煥彰：〈從小詩開始——為孟樊小詩集《從詩題開始》寫序〉，孟樊：《從詩題開始》，臺北市：唐山出版社，2014，頁4。

18 孟樊：〈自序〉，《從詩題開始》，頁11。

樊雖訂十二行為準，出版時還刻意刪削超出的行數以符標準，但在面對白靈十行的說法時，他抗議「多出兩行並不見得就非小詩」，[19]若是，十二行再多出兩行也不見得就非小詩，十二行的堅持也就不是定規了。

散文家陳幸蕙（1953-）為青少年編輯了兩本詩選《小詩森林》、《小詩星河》（幼獅版），她「精簡、短小」的判定標準，基本上參酌羅青的十六行與白靈的百字為基準，但採彈性和 fuzzy 原則，允許在此基準上有上下浮動的空間，不致太過刻板僵化。[20]所以，從白話詩開始啟航的新詩、現代詩，原來就沒有格式、格律的任何限制，在這個背景前，所謂「小詩」也就可以悠遊在一行至十行間、一字至百字內，要是超過這個公約數，還願意以小詩稱之，也不需要任何公信力加以制裁。

詩人張默主張：小詩應是「思、情、趣」三者的複合體之後，一般都能接受這種認知，孟樊甚至於認為能達成「思、情、趣」之任一面，就算成功。[21]這「思、情、趣」三者的複合體，嚴格說不容易企及，因為「思」屬理性，「情」屬感性，二者結合已屬不易，何況是三者複合！

散文家陳幸蕙的《小詩森林》認為小詩是「值得相遇的藝術心靈」,「或豐贍華美，或清新可喜，或圓融飽滿，或帥勁精悍，或啟人深思，而大體以雋永淺近為主，都是值得一讀的好詩。」[22]其中，帥勁精悍言其篇幅；豐贍華美、清新可喜，是「情」的讚語，但尚未達

---

19 孟樊：〈自序〉,《從詩題開始》，頁10-11。

20 孟樊：〈自序〉,《從詩題開始》，頁10。

21 陳幸蕙：〈莎士比亞的角落〉,《小詩森林》，臺北市：幼獅文化事業有限公司，2003，頁6。

22 陳幸蕙：〈莎士比亞的角落〉,《小詩森林》，頁7。

及「趣」的層次；圓融飽滿、啟人深思，則是「思」的範疇，離「趣」尚遠。熟悉泰華作家的中國學者計紅芳[23]則將（泰華）小詩概括分為：抒情小詩和哲理小詩，抒情小詩「多半是詩人個體生活天地的人生詠嘆，友情、愛情、親情、鄉思、離愁等等，雖沒有一般詩歌表現得那麼宏大深遠，但真摯的感情、清妙的審美意趣，往往給人以深遠的審美想像。」[24]哲理小詩「主要抒寫富有詩情的哲理體驗。詩人以哲人之眼，從平凡的小事物、小景致中，引發出某種富有詩情的人生哲理體驗，給人以有益的知性啟悟。」[25]抒情小詩和哲理小詩，遙遙呼應了張默呈「線型」發展的「思、情」二字，但依然未能觸及小詩敏感的「趣」「點」。一般論述說唐詩具有「情趣」（情）、宋詩具有「理趣」（思），都強調一個「趣」字，顯然「趣」字才是使詩活起來的那一點。現代小詩因為篇幅小，「趣」字才是真正的「亮點」所在，如果缺少這「趣」字「亮點」，閃電、螢火蟲的譬喻也就失去了準頭，顯得無趣了！

試著將張默的「思、情、趣」繪成簡單示意圖：

23 計紅芳（1972-），江蘇常熟人，蘇州大學文學博士，常熟理工學院副教授，主要從事中國現當代文學研究和世界華文文學研究，著有《香港南來作佳的身分建構》，曾在泰國朱拉隆功大學（Chulalongkorn University）文學院任教兩年。

24 計紅芳：〈六行之內的奇蹟——湄南河畔的「小詩磨坊」〉，林煥彰主編：《小詩磨坊》（泰華卷2），香港：世界文藝出版社，2008，頁9。

25 同前注，頁11。

在這個示意圖裡，「趣」字成為小詩的「亮點」，「思、情」是小詩運行的軌跡。當然，小詩的敘「事」功能在這個示意圖裡、或者說在以往的論述中，顯然是不被重視的，有意忽略了。

我們暫且以日治時代詩人楊華（本名楊顯達，字敬亭，1906-1936）為例，楊華原籍臺北，後居屏東，嫻熟文言古典，以教授漢文為生。曾以楊花、器人等筆名發表小詩和小說，他是日治時期寫作小詩最精彩的一位，頗受五四詩人冰心、梁宗岱（1903-1983）影響。另外他也以臺語創作詩歌，〈女工悲曲〉是其中的名篇，寫盡弱勢族群的悲慘血淚。可惜天不假年，因罹患末期肺結核絕症，貧病交迫，投繯自盡。楊華的〈小詩〉[26]可以視為意象派的詩篇，以一個小小的意象獲得讀者的驚喜或讚嘆，甚至於呈現出一個紅塵俗事之外的心靈境界。如「人們看不見葉底的花／已被一隻蝴蝶先知道了。」是以蝴蝶和花的親近，寫春天的訊息，要比春江水暖鴨先知，更具有一份婉約之美，而蝴蝶飛舞的行蹤、人們看不見花葉的匆匆，已暗含戲劇隱形的張力。如「深夜裡——殘荷上的雨點／是遊子的眼淚呵！」自有一種淒清之美，殘荷上的雨點是美的意象，遊子二字就有了敘事的意圖與方向。「人們散了後的秋千／閒掛著一輪明月。」頗有空靈之美，禪的怡然自在，尤其令人珍視，這份怡然是由晃動的秋千、靜止的一輪明月烘托而出，卻也不能忽略人們聚與散之間可能觸發的故事聯結。

依循這樣的線索，我們將繼續從焦桐（葉振富，1956-）的詩作中，探尋小詩含藏蓄存的敘事能量。

26 〈小詩〉原載《臺灣民報》第141號（1927年1月23日），是當時「新竹青年會」藉《臺灣民報》向島內詩人徵求白話詩，榮獲第二名作品。見莫渝編：《黑潮集》，桂冠圖書公司，2001；羊子喬編：《楊華作品集》，高雄市：春暉出版社，2007。

第三節　焦桐的特質：敘事與抒情的衍生辯證

焦桐，高雄人，中國文化大學戲劇系畢業，文化大學藝術研究所碩士，輔仁大學比較文學研究所博士。焦桐大學畢業後就在傳播媒體工作近二十年（曾任《商工日報》副刊編輯、《文訊》雜誌主編、《中國時報》副刊組執行副主任）。直至二〇〇一年，才專任中央大學中文系教職，創立出版社「二魚文化事業有限公司」，發展飲食文學、提升飲食文化。寫詩的焦桐應以出版《完全壯陽食譜》（時報文化出版公司，1999）作為風格觀察的分水嶺，其前出版的三部詩集：《蕨草》（蘭亭出版社，1983），李瑞騰說「泰半是清新婉約之作」；[27]《咆哮都市》（漢光文化，1988），焦桐自承「除了美，還能夠在歷史的洪流裡，感應時代的律動以及社會的呼息。」[28]《失眠曲》（爾雅出版社，1993），余光中（1928-）認為「寫的正是個人在現代社會、都市文明裡的疏離感，感到喧囂中的寂寞，忙碌中的空虛，感到此身茫茫，不著邊際，毫無價值。」[29]這三部詩集顯現一個曾經抗拒大專聯考卻又屈服於戲劇藝術之美的青春思維，從南部熱帶港灣進入北部多霧山林讀書的習性衝激，充滿著都市生活的觀察、歌詠、思考與批判，桀驁不馴的「探險／發現」「探險／發現」的文學冒險個性，顯露無遺。

此節特以三首鄰近的「軍中樂園」的書寫模式作為對照（這三首

27 李瑞騰：〈夢土的追尋——焦桐詩集《蕨草》序〉，焦桐：《焦桐詩集1980-1993》，臺北市：二魚文化事業有限公司，2009，頁222。焦桐於二〇〇九年八月將《蕨草》、《咆哮都市》、《失眠曲》合集為《焦桐詩集1980-1993》，由二魚文化事業有限公司重新刊行，本文引用焦桐前三部詩集之作，依此版本。

28 焦桐：〈起點——《咆哮都市》序〉，《焦桐詩集1980-1993》，頁230。

29 余光中：〈被牽於一條艷麗的領帶——讀焦桐新集《失眠曲》〉，焦桐：《焦桐詩集1980-1993》，頁233。

詩不屬於小詩範疇），可以看出焦桐寫作風格的三種面向、或三種進層。第一首〈軍中樂園 I〉寫於一九八〇年，以散文詩的方式完成（全詩一二八字）：

> 黃昏時，我走出彈子房，怔忡孤獨的假日。在乾淨的街道散步，幾片老葉錯落戎衣，在蕭瑟的冬日。我踅進這條冷清的巷閭，夜色逐漸將我包圍。
>
> 是巷閭冷清的冬夜，散落著殘英枯葉的屋簷，她從井邊浣洗回來，娉婷似風中搖曳的瘦燭。她抬眼望我，我看見，啊，我清楚看見她憔悴的臉容。[30]

此詩時間點設計在冬日黃昏與夜晚，空間則是軍中樂園所在的冷清巷閭，人與軍中樂園保持某種適切的距離，我與她（軍妓）只是錯身而過，意象浮現的是敗壞的幾片老葉、殘英、枯葉、風中搖曳的瘦燭，傷感、哀戚、悲憫的情緒瀰滿在詩行中，這首詩的氛圍設計，讓人有身歷其境的蕭瑟之感。

第二首〈軍中樂園 II〉同樣寫於一九八〇年，以分行詩的正常方式撰就：第一段「終於我決定開始買票排隊，／心中忐忑掌燈時輪到我／重重把這些傢伙關在門外，／所有腳痠腿麻遂陰陰沉沉地笑起來……」寫排隊等待的時間漫長，輪到自己可以入內時已是上燈的時候，腳痠腿麻，顯然消耗了一些體力，但最後的笑起來、把其他人關在門外，仍然有著自得的喜悅。第二段「有人在爐灶起火燒飯，／炊煙嬝嬝地飄過野地的包穀田，／院裡的百合花正靜靜地垂首。」仍然

30 焦桐：〈軍中樂園 I 〉，《焦桐詩集1980-1993》，頁187。

是外境的描寫，但「包穀」、「百合」充滿雄性、雌性的暗示作用，「起火燒飯」暗示性事的家常。第三段「我迅速走進她溫煦的房間溫煦的小燈，／紅紅的光暈在熱門音樂聲浪中／浮沉……」暗紅光暈、熱門音樂，是實境的描寫，也是溫煦的感覺；沉浮是作愛的機械性動作，也是心境忐忑、生命不安的另一種寫照。最後「一朵百合在瓶插裡怡然開放，／髣髴，是早熟的春天。」寫性愛的完成，既是男性的舒放，也可以是女性的若無其事（軍妓作愛時有性無愛所以若無其事），因此「早熟的春天」同時哀傷軍妓與我。[31]

這兩首同寫軍中樂園的作品，可以看出焦桐在敘事與抒情間的辯證，抒情的完成有賴於敘事的鋪展，敘事的鋪陳過程裡不缺意象的展現與象徵意涵的暗示，如果再以焦桐闖進詩壇、闖出名號，獲得第三屆（1980）時報文學獎敘事詩優等獎的〈懷孕的阿順仔嫂〉來看，焦桐擅於敘事渲染，長於戲劇張力，因此，在詩的篇幅上，焦桐的作品多在短篇、中篇以上，其後出版的兩本詩集《完全壯陽食譜》（時報文化，1999），《青春標本》（二魚文化，2003），更可視為兩首長篇的組詩，《完全壯陽食譜》裡的每一首詩均依循〈材料〉、〈作法〉、〈注意〉、〈說明〉之序，完成系譜的編定；《青春標本》則是焦桐以詩寫就的「前傳」，「追蹤詩人前半生的心靈歷程，和精神面貌」，「逆時光之流上溯，深情凝視著前方的過去，慢慢退回未來。」[32]焦桐以詩寫傳，將青春製為標本，全本《青春標本》可以當作是一首波瀾時生、光影不居的長詩。

回頭再看第三首「軍中樂園」作品，焦桐以白描直書的方式，條列〈軍中樂園守則〉，[33]雖非歷史原件如實曝光，但改寫之處已降至最

31 焦桐：〈軍中樂園Ⅱ〉，《焦桐詩集1980-1993》，頁188。

32 焦桐：《青春標本》，臺北市：二魚文化事業有限公司，2012（二版一刷），封底。

33 焦桐：〈軍中樂園守則〉，《焦桐詩集1980-1993》，頁189。

低，客觀程度幾達百分之百，詩人的主觀只顯現在最原始的選材上，此詩寫作時間是一九九三年，詩人的敘事已退至無可再退的客觀呈現，甚至於原件呈覽，抒情的努力減縮到趨近於零的地步，敘事與抒情的辯證上，敘事（僅以呈供物件代替敘說）獲得全面性的勝利。

《完全壯陽食譜》與《青春標本》，處處流露戲謔的語言，戲仿的手法，解放威權、解放詩體，解放了神聖的教育體制（以試卷內容為詩的文本），也解放了通俗的色情文化（讓壯陽語彙與政治語彙達成謔而不虐的調侃效果），泯除雅俗，抹消聖凡，承用試卷語言、學生用語、社會生活用語、標語、口號，實踐了後現代主義式的價值。完全瓦解制式架構，顛覆傳統語境、也顛覆後現代語境，挑戰詩語言、也挑戰日常語言極限，這是敘事功能的極大擴張，但我們卻也發現《完全壯陽食譜》只能是焦桐的孤本食譜，《青春標本》並未有第二座類近標本，因為這是形式上、也是實質上的創意，由內而外的創意，形成焦桐的特質——極大擴張的敘事功能無法祛除個人獨具的抒情才氣。

相對於焦桐這種「極大擴張的敘事功能無法祛除個人獨具的抒情才氣」，或許我們引述周慶華（1957-）[34]的《七行詩》可以作為不同才具、不同書寫方式的另一種反證。周慶華之所以寫作七行詩，他認為「七」在易經系統裡代表「少陽」，相對於「九」代表的「老陽」，保有的是活力、躍動和激進等意義；但他也承認，詩集所用的「七」，卻沒有什麼特別涵義，[35]正如向陽（林淇瀁，1955-）的《十行集》、洛夫（莫洛夫，1928-）的《石室之死亡》（十行）、岩上（嚴振興，1938-）的《岩上八行詩》、白靈（莊祖煌，1951-）的《五行

34 周慶華（1957-），臺灣宜蘭人，中國文化大學文學博士，現任臺東師範大學語文教育學系教授，著有詩集《蕪情》、《七行詩》。

35 周慶華：〈後記〉，《七行詩》，臺北市：文史哲出版社，2001，頁171。

詩及其手稿》、蕭蕭（蕭水順，1947-）的《後更年期的白色憂傷》（三行）、瓦歷斯・諾幹的《自由寫作的年代》（二行），行數的堅持並沒有特別的理由。但孟樊在《七行詩》的序言中指出，周慶華的「坦然以對」的詩風格，與其擅於使用敘事性的語言有極大的關係，他說：「白描式的敘事語法，在作者和讀者之間容易形成一種閱讀上的客觀距離（objective distance of reading），除了塑造出一種冷靜、理性的風格之外，也讓讀者保持某種程度的閱讀距離，不必完全跟著作者『聞雞起舞』。」[36]孟樊稱周慶華這種學者身分的理性詩為「冷詩」（cool poetry）風格。亦即是周慶華的學者的理性辨析能力，讓他的詩維持哲學意味濃厚、而情緒起伏平穩，但焦桐冷處理後的敘事歷程，卻仍飽含感動的能量。

第四節　木質的特質：潤澤他人與成長自我

臺灣學者廖咸浩（1955-）曾在論述張默小詩時，引述赫伯特・瑞德（Herbert E. Read）在〈論純詩〉這篇文章中所強調的純詩的質素主要來自音樂性：詩可說是一個「節奏與聲音不曾間斷的單元」，而「可辨的意義，知性的、道德的、社會的溝通部分」則與詩的價值無關。並且引用涅瓦爾（Geard de Nerval）的詩〈不幸者〉（El Desdiehado）中的一行詩，作為純詩的典範：

　　亞基殿的王子在傾頹的城堡中[37]

---

36 孟樊：〈寫詩的人有福了——序《七行詩》〉，周慶華：《七行詩》，序頁3。

37 廖咸浩：〈時間就寢，小詩復活——讀《張默小詩帖》〉，張默著：《張默小詩帖》，臺北市：爾雅出版社，2010，頁1。

依據這樣的論述，詩，不可缺乏音樂的潤澤，即使只是一行詩，也要注意節奏的安排。更要注意的是，缺乏情意的潤澤，再偉大、再震撼人心的事蹟，再深奧、再有意義的哲理，也與詩絕緣。

在東方傳統的五行「金木水火土」論述中，木質的第一個特質就是「潤澤」。「水火金土」都屬於礦物，礦物與礦物之間無所謂潤澤，唯有「木」是有生命的植物，它需要水的潤澤，而且能轉而潤澤其他的生物，可以說：「木」生存的全部意義就是「潤澤」。西方或佛教世界所謂的四大元素是「地水火風」，與五行相比，它們所缺少的就是「木」、就是生命與生命之間的「潤澤」。

同樣是在論說張默的小詩裡，陳義芝（1953-）也承認三、五行的篇幅是中國詩傳統最輝煌呈現的篇幅，但他忽然引述詩人龐德 Ezar Pound 的主張，說這三、五行篇幅的「小詩」，擺明了「絕不使用任何無益於呈現的詞」，這是形式上小詩更需要字斟句酌的另一種說詞。話鋒又轉，他說：「沒才情的詩人，羅列知識、資訊，獨缺起化學變化的觸媒。」[38]這「起化學變化」的「觸媒」說詞，其實是內容上小詩所需要的「潤澤」，如音樂、情意、或者才情等等，但與知識、資訊無涉，與知性的、道德的、社會的溝通也不相關。

《春秋元命苞》為「春秋緯」十四種之一種，又名《元命苞》，此書提到「木」時，說：「木者陽精生於陰，故水者，木之母也。木之為言觸也，氣動躍也。」[39]木與觸，音近為訓，觸是在內自我延伸，向外能觸動他物，所以是內在的氣的動躍，擴而及於其他事物，「觸媒」的說詞，就有了新的依據。

焦桐擅長敘事，詩作篇幅一向偏長，真正符合一般小詩規格（十

---

38 陳義芝：〈毫芒雕刻的焠煉——讀《張默小詩帖》〉，張默著：《張默小詩帖》，頁13。

39 〔魏〕宋均注：《春秋元命苞》（玉函山房輯佚書）卷上，頁4。

行以下，百自以內），僅有〈燈塔〉、〈天池〉、〈擦肩而過〉、〈雙人床〉、〈露珠〉、〈欲曙〉（以上見於《焦桐詩集》），〈照相簿〉、〈周歲〉、〈童年〉、〈夢醒〉、〈過杏花林〉（以上見於《青春標本》）等十一首。

先以〈燈塔〉為例，雖是四行的短小篇幅，但在飽滿的情意中，我們彷彿看見一個未成形的故事在開展，木一般延伸：

流離的風帆莫停靠
回憶的港灣
那善於眺望的燈塔
就點亮了鄉愁[40]

流離的風帆停靠港灣，這是回航；燈塔點亮鄉愁，則是眺望。回航與眺望，分開來是兩組充滿情緒的作品，當這兩種情緒相結合，其間可以牽繫的故事就多了，讀者可以參與的空間就大了。港灣轉化為「回憶」的港灣，燈塔轉化為「眺望」的燈塔，風帆而以「流離」形容，再加上動詞「停靠」、「眺望」，這些都是飽滿的情意，具足潤澤的能量，都可以將兩個乾澀的事物糅而發酵，何況是早已蓄足情意、安排節奏的溫潤之物。

即使是單一的物體，好像不與其他事物（事務）相關涉，也可以滋生出溫潤的汁液，如〈雙人床〉一詩：

夢那麼短
夜那麼長
我擁抱自己

40 焦桐：〈燈塔〉，《焦桐詩集》，臺北市：二魚文化事業有限公司，2009，頁43。

練習親熱
好為漫漫長夜培養足夠的勇氣
睡這張雙人床
總覺得好擠
寂寞佔用了太大的面積[41]

這首詩以量化的「面積」使抽象的「寂寞」有了具體可感的潤澤之力，讀者從擁抱、親熱，感受到戲劇情節的適度誘發，從「擠」、「佔用面積」，體認到存在的真實。詩與夢都那麼短，故事與夜卻可以那麼長，讀者從這張雙人床觸發出各自不同的「寂寞」的回憶，發展出各自不同的「寂寞」的故事。這也是傳統五行論述中，伴隨「潤澤」而來的木質的第二個特質「生長」。

經過潤澤的「木」，「木」本身會繼續自我生長。五行論述中也有「相生」的說法，但所謂「相生」是物與物、元素與元素之間的催生、助生，不是自我的成長。五行說「相生」是「水生木，木生火，火生土，土生金，金生水」，從基本的生活知識開始：水可用來灌溉（潤澤）樹木、助長植物，所以水生木；鑽木可以取火、可以延續火力，所以木生火；火燃燒物之後，物化成灰燼、形成塵土，所以火生土；土石中蘊藏金屬、礦物，所以土生金；金屬為固體，熔化時由固態轉變為液態，那就是水的流動本質，所以金生水。這就是五行「相生」的道理。但金不能生金，土不能生土，火不能自大（火勢蔓延是藉由外物而蔓延），水不能自生（只能匯聚），唯一的例外是「木」，自身可以萌芽、可以長葉、可以拉高、可以開花、可以結果，可以自我增生。

41 焦桐：〈雙人床〉，《焦桐詩集》，頁148。

以「木、火、土、金、水」的五行順序，對應五種季節「春、夏、季夏、秋、冬」，木所對應的是「春」，《春秋元命苞》提到「春」時，說：「春之猶言偆，偆者喜樂之貌也。」「春含名蠢，位東方，動蠢明達，六合俱生，萬物應節，五行並起，各以名利，其精青龍，龍之言萌也，陰中之陽也，故言雲舉而龍興。」[42]「木」的涵意擴大為「青」、「春」、「青龍」、「東方」、「萌」、「雲舉龍興」，「木」的成長動力，可以肆意發展，故事可以一再衍生。

相近於〈雙人床〉寫寂寞的詠物詩〈露珠〉，原是一滴露珠，因為飽受冷暖折磨，猶豫寂寞，所以在夢與醒的角落，被多事的風觸動，露珠就不再是露珠，而是一滴清楚的淚，且失足跌落。[43]這一簡單的歷程描述，露珠與淚之間的轉折，小詩所承載的「事」就有了露珠的飽滿與晶瑩的特質。

從物到景，〈過杏花林〉這首詩，寫的是「木」的新葉抽長，以及杏花林所展現的「景深」，因為這景深，隱約可以察知故事的延展：

那山路像一場舊夢
釋放蜂蝶玩弄我
在思維的後花園
腰深的霧中
交響樂般激動

花期之後忽然就雨季了
新葉在斷枝上急切地抽長

42 〔魏〕宋均注：《春秋元命苞》（玉函山房輯佚書）卷下，頁6。

43 焦桐：〈露珠〉，《焦桐詩集》，頁149。

彷彿已是背對著我的人影
空氣潮濕在彼此的眼瞳
不可收拾地流動[44]

舊夢已遠，但在思維的後花園、腰深的霧中，彷彿又有什麼在流動，預示著不可逆知的可能。

詠物兼含抒情的〈雙人床〉、〈過杏花林〉都與「木」相關，在潤澤與生長中，可以感覺事件的推演。〈過杏花林〉是寫家屋附近的景，〈天池〉寫的卻是遙遠天邊的景，近或遠的景，都有著相近的效果。〈天池〉首尾二段而已，首段：「雪融後，雲絮／殷勤來這裡擦拭／藍天和飛鳥的梳粧鏡——／山羌徘徊，水鹿沈思，長風遊牧著烟遠的大草原。」是外景、實景的描繪，十分逼真、開闊，最後以「頂真法」、以「長風」串起末段，「長風送別暮色，／峰巒鎖進森黑的天機中，／只有這宇宙的水晶球，／洩露了銀河滿溢的星光／和我高海拔的夢想。」[45]這一段使用動詞「送別」、「鎖進」、「洩露」，使寫景的詩有了推演故事的擬人效果，使大自然的星光與我的夢想有了繫連的可能，「洩露了我高海拔的夢想」使讀者有了可以參與、傳播、飛翔的天人之間的異想。

〈天池〉藉遙遠而開闊的空間，以「景」入「事」，〈欲曙〉則是藉要亮未亮的時間，一樣以「景」入「事」：「落月啊／請不要再欺瞞／我們的相處是如此短暫」，[46]天體（落月）的呼喚，

詠物、寫景，都在推湧可以增生的情節，敘事小詩如〈擦肩而過〉的今日現實：「插滿碎玻璃的圍牆太高／一個人在思維裡散步／

44 焦桐：〈過杏花林〉，《青春標本》，臺北市：二魚文化事業有限公司，2012，頁132。
45 焦桐：〈天池〉，《焦桐詩集》，頁81。
46 焦桐：〈欲曙〉，《焦桐詩集》，頁150。

不得其門而入」一樣在逗引我們去推那扇門；[47]《青春標本》裡的〈照相簿〉、〈週歲〉、〈童年〉[48]都是懷舊的小詩，更容易讓讀者看見那種含藏蓄存的敘事能量，不待多言。

第五節　結語：小詩的敘事能量

擅長敘事的現代詩人焦桐，大抵以中等篇章敘其事，言其志。為數不多、篇幅不大的小詩，一般詩人用來鍛鍊意象，凝聚焦點，推陳出新，焦桐卻在小詩中蘊藏敘事能耐，發展出五行中的「木質」特性，在有限的行句中繼續推進或演展本事，如「木」一般持續成長，預留給讀者更多的想像空間，研發出新情節，進而結合了「群體共同價值」與「個體存在價值」之相互影響，達成相乘效果，為創作小詩的推動工作，提示一個便捷的門徑。

「白馬非馬」的邏輯是正確的，因為白馬的觀念與範疇，不能與「馬」的觀念與範疇相重疊，但不可以「白馬非馬」類推為「小詩非詩」，詩可以興觀群怨，小詩亦然；詩可以抒情詠物寫景，小詩亦然；詩可以說生平、演劇情，小詩亦然；小詩的文字不長，焦桐的小詩不多，但都可以在「個體存在價值」上去挖深，在「群體共同價值」上去織廣。詩，能作到的，小詩，亦能。極短篇、微型小說，能作到的，小詩，亦能。

47 焦桐：〈擦肩而過〉，《焦桐詩集》，頁147。

48 焦桐：〈照相簿〉、〈週歲〉、〈童年〉，《青春標本》，頁6、8、10。

參考文獻

一　焦桐詩集

焦　桐　《焦桐詩集1980-1993》　臺北市　二魚文化事業有限公司　2009

焦　桐　《青春標本》　臺北市　二魚文化事業有限公司　2012　二版一刷

二　中文書目

《尚書注疏》　臺北市　藝文印書館　十三經注疏本　1979

〔魏〕宋均注　《春秋元命苞》（玉函山房輯佚書）

向明、白靈編　《可愛小詩選》　臺北市　爾雅出版社　1997

羊子喬編　《楊華作品集》　高雄市　春暉出版社　2007

吳林柏　《文心雕龍義疏》　武漢市　武漢大學出版社　2002

周慶華　《七行詩》　臺北市　文史哲出版社　2001

孟　樊　《從詩題開始》　臺北市　唐山出版社　2014

林煥彰編　《小詩磨坊．馬華卷1》　臺北市　秀威資訊科技公司　2009

張　默　《張默小詩帖》　臺北市　爾雅出版社　2010

張默編著　《小詩．牀頭書》　臺北市　爾雅出版社　2007

張默編著　《小詩選讀》　臺北市　爾雅出版社　1987

莫渝編　《黑潮集》　桂冠圖書公司　2001

陳幸蕙編　《小詩森林》　臺北市　幼獅文化事業有限公司　2003

落　蒂　《六行寫天地——泰印華人新詩美學》　臺北市　文史哲出版社　2011

羅青編　《小詩三百首》　臺北市　爾雅出版社　1979

三　期刊論文

呂　進　〈寓萬於一，以一馭萬——漫說曾心〉　曾心　《玩詩，玩小詩——曾心小詩點評》　臺北市　秀威資訊科技公司　2009

李百容　〈從「群體意識」與「個體意識」論文學史「詩言志」與「詩緣情」之對舉關係——以明代格調、性靈詩學分流起點為論證核心〉　新竹教育大學《人文社會學報》第2卷第1期　2009年3月

許紅芳　〈六行之內的奇蹟——湄南河畔的「小詩磨坊」〉　林煥彰主編　《小詩磨坊》（泰華卷2）　香港　世界文藝出版社　2008

顏崑陽　〈從詩大序論儒系詩學的「體用」觀——建構「中國詩用學」三論〉　政治大學中文系　《第四屆漢代文學與思想學術研討會論文集》　臺北市　政治大學　2002

第九章
稼穡作甘論詹澈：
以《下棋與下田》為證例

摘要

五行之土，積塵成實，因為是積塵所成，所以會有間隙，能含容、接納；含散持實以後，能護持萬物，可以稼穡。在時間的排序上處於季夏，陽與陰接觸的中間點；在地理位置上處於四方之中，這就是「土」與農的繫連。中生代詩人詹澈長期關懷農民，從關懷彰化農民、臺東農民開始，及於其他土地的農民、非洲的農民，甚至於「非農民」，如榮民、原住民的困境，裡裡外外全然顯現「土」的屬性，即使後來不寫帶有「土」質的詩，這些詩反而顯現詹澈更具有五行中「土」的特性。以五行的屬性來觀察，曾經呼籲：「土地請站起來說話」的詹澈，顯然要以「土」來鋪展他的詩運。墨子的政治思想中具有平等精神、群體精神、救世精神、擇務精神、創造精神、力行精神，以此反觀詹澈一生帶領農民、掀起運動，也頗為符合這六種精神，所以有「現代墨翟」之稱。

關鍵詞：詹澈、稼穡作甘、體兼虛實、土性詩人

第一節　體兼虛實：地學的特徵

《尚書》〈洪範〉曾有「九疇」之說，所謂「九疇」是指：「初一曰五行，次二曰敬用五事，次三曰農用八政，次四曰協用五紀，次五曰建用皇極，次六曰乂用三德，次七曰明用稽疑，次八曰念用庶徵，次九曰嚮用五福，威用六極。」[1]討論的是施政的九項原則或次第，但不可忽略的是九疇之首便是五行：「五行：一曰水，二曰火，三曰木，四曰金，五曰土。水曰潤下，火曰炎上，木曰曲直，金曰從革，土爰稼穡。潤下作鹹，炎上作苦，曲直作酸，從革作辛，稼穡作甘。」[2]這裡的「五行」是一直到今天華人世界仍然深信不疑的組成世界的五種基本物質元素。雖然有人分析「五行」的意義，可以有四種：（一）五種重要的行為原則：仁義禮智信，稱為五行（行，發音為德行之行）或五常。（二）物質的五種物性。（三）自然界中提供人類生活的五種必須的物質條件。（四）分類學的五種基本原則。[3]但是在漢語世界、華人文化圈，所謂五行，共同的主流認知就是《尚書·洪範》所說的金木水火土。

學者對五行中的「土」，有這樣的認識：「土在四時之中，可包四德，故其體能兼虛實。處季夏之末，陽衰陰長，居位之中，總於四行；積塵成實；積則有間；有間故含容；成實故能持；故土以含散持實為體，以稼穡為性。」[4]以五行配四時（四季），木是春，火是夏，金是秋，水是冬，「土」的時間點是季夏之末，春夏之陽漸衰，秋冬

1　〔漢〕孔安國傳，〔唐〕孔穎達等正義：《十三經注疏·尚書正義》，臺北市：新文豐出版公司，2001，頁442-446。

2　〔漢〕孔安國傳，〔唐〕孔穎達等正義：《尚書正義》，頁446-449。

3　鄺芷人：《陰陽五行及其體系》，臺北市：文津出版社，1992，頁18-26。

4　林裕祥：《河洛易道陰陽五行——學術思想之探究》，臺北市：翔大圖書有限公司，2006，頁44。

之陰漸長的時候，正是一年的中間處。以五行配方位，木是東，火是南，金是西，水是北，「土」居中央的位置。以虛實的觀點來看，水火是虛，任一物可以入水火之中；金木是實，非用力，無物能入金木之體；但「土」則介乎虛實之間，土是積塵成實，既然是累積塵灰而成土，這其間就會有許多間隙，有間隙，是虛，所以「土」有含容的功夫；但土既已積塵成實，是實，所以可持長萬物，以稼穡為性，說的是「土」與農的繫連。

詹澈（詹朝立，1954-），彰化縣溪州鄉人，畢業於屏東農專，曾參加《草根》、《春風》等詩社，擔任《夏潮》雜誌主編、《春風》雜誌發行人，長年從事農權運動，曾有臺灣農民聯盟副主席、農漁會自救會辦公室主任等頭銜，十年前發動「1123與農共生」大遊行，號召十二萬農漁民參與，擔任總指揮，轟動一時。一九八三年出版第一本詩集《土地請站起來說話》，一九八六出版詩集《手的歷史》，一九六六以《西瓜寮詩集》獲第五屆陳秀喜詩獎，一九九八以描寫蘭嶼原住民的〈勇士舞〉一詩獲一九九七年度詩人獎，二〇〇三出版《海浪和河流的隊伍》仍以達悟族為主要書寫對象，是長期關懷農民、榮民、原住民的中生代詩人。如果以五行的屬性來觀察中生代詩人，詹澈，曾經呼籲：「土地請站起來說話」的詩人，顯然要以「土」來鋪展他的詩運。

第二節　貴廉貴兼：墨學的呼應

一字千金的《呂氏春秋》對先秦諸子思想曾進行總結性的批判，〈不二篇〉中列舉春秋、戰國時代天下豪士十名：「老聃貴柔，孔子貴仁，墨翟貴廉（兼），關尹貴清，子列子貴虛，陳駢貴齊，陽生（楊朱）貴己，孫臏貴勢，王廖貴先，兒（倪）良貴後。」就〈不二篇〉的主旨而言，當然希望將這些思想統合起來，因為「一則治，異則亂；一則安，異則危。」[5]但，這十位思想家之所以為「豪」，其實正因為是他們有「異」於眾賢人之所在。此處試著以「五行」加以分類，呈現另一種景觀：老聃貴柔、關尹貴清，具有上善若「水」的屬性；孔子貴仁則是內有聖明的自我要求、外有外爍的及人達人熱誠，與「火」的屬性、太陽的光輝相合；墨翟貴兼、列子貴虛、陳駢貴齊，這是「土」的包容與博大；貴勢、貴先、貴後，應該與「金」的斬截力勁可以相比擬；陽生貴己，則與「木」只顧抽長自己、向上延伸，可以相互呼應。顯然，思想家可以取「五行」加以分類、歸納、衍義或衍異，不同時代的詩人當然也有這種屬性偏倚的現象，臺灣中生代詩人詹澈不僅正面書寫土地，也陽性顯現「土」的屬性，他看出區域土質雖異，卻以生養萬物為目的，應該任其百花齊放，眾鳥皆鳴，才是「土」性之所期望，因此，詹澈不僅關懷彰化農民、臺東農民，還及於其他土地的農民、非洲的農民，甚至於「非農民」，裡裡外外全然顯現「土」的屬性，即使後來不寫帶有「土」質的詩，這些詩反而更具有五行中「土」的特性。

此節將以墨翟貴兼（貴廉）的「土」的包容與博大特性，反觀現代農民詩人詹澈如何符應土質、發揮土性。

墨子（墨翟，約西元前479-381年），「具有庶人一類的刻苦精神，工匠一類的手藝技巧，處士一類的道德修養，賢士一類的誨人不倦的精神……是一位平民出身的教育家，社會問題的改革家，頭腦靈活的軍事家，不辭勞苦能說善道的外交家。」[6]追索他的思想體系，《呂氏春秋》說墨翟貴「廉」，因為墨子主張「非樂」、「節用」、「節

5 〔秦〕呂不韋編，〔漢〕高誘注：《呂氏春秋》卷十七〈審分覽．不二篇〉（《文津閣四庫全書》第805冊），北京市：商務印書館，2006，頁0850-392-393。

6 馮成榮：《墨子思想體系研究》，臺北市：文史哲出版社，1979，頁7。

葬」，身體力行，各國奔走，墨子和弟子們因刻苦而手足胼胝，面目黧黑，役身給使，不敢問欲，[7]而且赴火蹈刃，死不旋踵（《淮南子・泰族訓》），所以稱之為「貴廉」，廉是節制儉約之意。但墨子的基本主張是「兼愛」、「非攻」，就這點而言，有學者認為此處文字應是墨翟貴「兼」，這種說法更能掌握住墨子的基本思想，頗為合理。貴「兼」、貴「廉」，其實可以合觀，一無扞格、衝突、矛盾，全面顯現墨子真貌。

如果熟悉詹澈這一生的形跡，會以「現代墨翟」稱呼他。詹澈，出身彰化貧農，隨父祖在濁水溪畔生活，一九五九年八七水災，彰化縣境災情慘重，泥沙土石沖刷農田，詹家田界難以釐清，詹父因而放棄微薄的祖產，徒步至臺東，繼續租地種植西瓜。詹澈後來讀屏東農專，在學期間曾以臺東原住民同學的故事寫作《阿花的故事》、《阿菊的故事》、《阿蘭的故事》，奠立他關懷農民、老兵、原住民，以敘事性方式寫作長詩的原始動機與內在動力。當兵時閱讀《夏潮》雜誌、關心鄉土文學論戰，其後甚而與《夏潮》雜誌同人往來密切，對於社會主義的認同，寫作走向的確立、臺灣政經結構的判定、歷史的回望與農權的顧惜等問題，有著啟蒙與定性的作用。從此以後，助選、農運、勞動、生產，寫作西瓜寮詩集、蘭嶼達悟族、東部榮民，交互進行；臺北、臺東，首都與海隅之間來回奔走；臺灣、中國，海島與陸塊之間探問為何異同，尋求如何適應。精悍的身子，黧黑的面容，卻要在拒絕進口水果與外銷臺灣農產品的矛盾中，思考世界貿易組織（World Trade Organization，簡稱 WTO）[8]存在的威脅或威力，這是

7　〔東周〕墨翟：《墨子》卷十四〈備梯〉第五十六，《百子全書》，杭州市：浙江人民出版社，2013（掃葉山房版）。

8　世界貿易組織（World Trade Organization，簡稱WTO）是現今最重要之國際經貿組織，迄至二〇一二年八月共擁有一五七個會員，另有二十七個觀察員。WTO會員透

以腳寫詩的「現代墨翟」，忘卻自我，為識與不識的苦難同胞大聲疾呼，為農與非農的受災家戶摩頂放踵。

第三節　人性通貫：村口的瞻望

〈村口〉一詩正是詹澈一生為「農」、為「土」而奮戰的最佳速寫，就時間軸而言，從父親在日本軍營退伍返鄉，在糖廠和甘蔗園之間巡邏守更的尚武精神，寫到八七水災村民為田界爭訟時，父親毅然離鄉的身影，前三節寫父親、祖父、曾祖父三代的不同苦難，寫父親的堅毅、為他人設想，暗示著自己一生熱血之所由來。從父祖三代的小村口走出，詹澈為農漁民權益，統率十萬大軍上街遊行，又經歷百萬中產階級反貪腐的紅衫軍震撼，卸下紅紅頭巾，他仍然來到一個小農村的村口，這樣的奮鬥彷彿還得繼續下去……。

> 從那個小小的農村，我走了很長很久的路／在一個有霧的早晨，用力轉身離開一個黨的大門／帶著一支生鏽的筆，迎風而去……／在沙沙如泣的筆觸中停下來，在兩個黨的街道上／率領十萬農漁民上街遊行，天上下著細雨／我們喊反對消滅贊成改革 WTO WTO WTOWTOWTO

過共識決或票決之方式，決定WTO各協定規範之內容及對各會員之權利義務，將多邊貿易體系予以法制化及組織化，各會員並據此制定與執行其國內之貿易法規。……此外，WTO各會員可將任何與WTO協定相關之貿易爭端訴諸具準司法性質之爭端解決機制，且其裁決對於各會員具有拘束力，故WTO實質上，可稱為經貿聯合國；另WTO透過與聯合國及各個專業性國際組織如國際貨幣基金、世界銀行、世界關務組織、世界智慧財產權組織等之密切合作，實際上已成為國際經貿體系之總樞紐。——取材自經濟部國際貿易局「WTO入口網」：http://www.trade.gov.tw/cwto/Pages/Detail.aspx? nodeID=337&pid=312886（2012年9月9日取錄）。

接著百萬中產階級反貪腐，穿紅衫圍總督府／然後卸下盔甲一般，我卸下頭巾和身上的紅布條／一個人走了很長很久的路，天上一直下著雨／我又來到一個小農村的入口——／我只有一個人／這小農村是那麼熟悉又那麼陌生……。[9]

這首詩出現的空間，依次是：濁水溪邊小村入口、田頭、糖廠和村民的甘蔗園、中央山脈、秋天的田埂、一個黨的大門、兩個黨的街道、總督府、另一個小農村的入口。簡約顯現出詹澈活躍的生命軌跡，這種空間設計呈現出以微渺的小農村去對抗現實生活中巨大的「中央山脈」、政治體制裡的「黨」與「總督府」，小蝦米與大鯨魚的懸殊對比讓這首詩更富張力。第一節說父親返鄉，帶著一把生鏽的武士刀，「迎風而來……」，第四節說自己轉身離開一個黨的大門，帶著一枝生鏽的筆，「迎風而去……」相互呼應。「一個有霧的早晨」連續出現在三、四節，「天上下著細雨」也連續出現在四、五節，這樣重複而不連續的「類」「頂真」效果，除了霧、雨的愁悶象徵，也傳達出農村（或詹氏客家人）代代相傳、累世不變的硬頸精神。首尾兩節，鮮明的以「村口」作為呼應，更是成功表達了父親歸於農、自己服於農（從自家的小農村又去協助別家的小農村）的不變志節。

墨子的政治思想中，據後人研究具有六種精神。[10]一是平等精神，如兼愛是去親疏之別，同等看待；如尚賢，則官無常貴、民無終賤；如節葬、非樂，遵守桐棺三寸則尊卑無別。二是群體精神，墨家是以鉅子為領袖、有嚴格紀律的組織，諸子百家唯墨家有這種嚴謹的組織，以群體的力量造就事業，阻止戰事，學者稱之為「國際性的弭

9 詹澈：〈村口〉，《下棋與下田》，原載《聯合文學》，2009年3月。

10 孫廣德：〈第三章：墨子政治思想之基本精神〉，《墨子政治思想之研究》，臺北市：臺灣中華書局，1974，頁46-69。

兵運動」，[11]「這種有計畫、有條理、有方法、有教規、有嚴格訓練，嚴密其組織，貫徹其命令，整齊其行動，統一其指揮，所以才能達成特定的任務。」[12]三是救世精神，「殺一人以存天下，非殺一人以利天下也；殺己以存天下，是殺己以利天下也。」[13]這是犧牲自己，摩頂放踵，利天下而為之的救世精神。四是擇務精神，《墨子》〈魯問第四十九〉：「凡入國，必擇務而從事焉。國家昏亂，則語之尚賢、尚同；國家貧，則語之節用、節葬；國家憙音湛湎，則語之非樂、非命；國家淫僻無禮，則語之尊天、事鬼；國家務奪侵凌，則語之兼愛、非攻。非曰擇務而從事焉？」[14]這種務實而變通的選擇，有如法國啟蒙期思想家孟德斯鳩（Charles de Secondat, Baron de Montesquieu, 1689-1755）所論：法律無絕對之善惡，當視一國之風土而定；盧梭（Jean-Jacques Rousseau, 1712-1778）所述：制度無絕對之好壞，須視一國之環境及居民性質而定。[15]五是創造精神，墨子在〈非儒〉篇中，認為「所謂古之者，皆嘗新矣」，[16]不贊同「循而不作」，認為當述則述，當作則作，他自已為改善人民生活、改善當時政治、平息國際戰爭，提出各種主張，「在最初大致是他發明出來的解決方案，他對解決某些問題所提供的一種答覆。」[17]六是力行精神，墨子是千古以來的人

11 陳問梅：〈墨子人格闡微〉，《墨學之省察》，臺北市：臺灣學生書局，1988，頁418。

12 馮成榮：《墨子思想體系研究》，臺北市：文史哲出版社，1979，頁18。

13 〔東周〕墨翟：《墨子》卷十一〈大取〉第四十四，《百子全書》，杭州市：浙江人民出版社，2013（掃葉山房版）。

14 〔東周〕墨翟：《墨子》卷十三〈魯問〉第四十九，《百子全書》，杭州市：浙江人民出版社，2013（掃葉山房版）。

15 孫廣德：《墨子政治思想之研究》，頁57。

16 〔東周〕墨翟：《墨子》卷九〈非儒〉第三十九，《百子全書》，杭州市：浙江人民出版社，2013（掃葉山房版）。

17 周長耀：《孔墨思想之比較》，臺中市：作者自行發行，1989，頁68。

實行家，凡事注重功效，倡言「政者，口言之，身必行之。」[18]孟子讚他「摩頂放踵」(《孟子・告子下》)，莊子稱他「真天下之好也，將求之不得也，雖枯槁不舍也，才士也夫！」(《莊子・天下》)，今人譽之曰:「墨子力行精神之偉大，雖基督亦不過如此。」[19]以這六種精神反觀詹澈的詩與人，即使面對兩千五百年的年歲差別，工與農的行業隔絕，大陸與海島的地理分裂，仍然可以感受到人性的通貫，哲理的呼應。

第四節　現代墨翟：鄰居的敦睦

墨子貴「廉」也貴「兼」，詹澈的詩與生活，則往往在白描的儉樸與寒酸處境裡（廉），具現一種無分種族、無分貴賤的愛（兼）。如〈雨後濡暑的鄰居〉：

> 雨後濡暑，一堆蝸牛相濡著泡沫／蚯蚓也一條條出來散步／我在大樓頂端加蓋的鐵皮屋裡／享受著也忍受著，一股瀰漫不散的味道／來自身體的也來自心理的，也來自記憶
>
> 我的新鄰居，來自越南的也來自印尼的／來自泰國的菲律賓的或福建廣東河北山西的／勞工的褓母的看護的二奶的有婚姻沒配偶的／雨後濡暑，一堆擠在一起打牌抽煙喝酒聊天的／沒事的也一個個出去散步

18 〔東周〕墨翟：《墨子》卷十二〈公孟〉第四十八，《百子全書》，杭州市：浙江人民出版社，2013（掃葉山房版）。

19 孫廣德：《墨子政治思想之研究》，頁65。

> 來自身體的，我們碰觸過的黃色肌膚／來自心裡的，懷念著遠近不同的家鄉／來自記憶的，友情親情愛情交織的痛／來自頂樓鐵皮屋頂踢踏而過的雨聲沉重如／抽水機在田邊噠噠噠噠……
>
> 隔壁矮屋改建中的廚房，變胖了／電鑽在牆壁上噠噠的叫——／又一陣西北雨踢踏過西瓜寮的鐵皮屋頂／踏過家鄉一大片相思樹林，黃花如波濤／蟬鳴吱雜，夜裡啄木鳥與貓頭鷹輪班咕叫
>
> 來自記憶的，身體的心裡的一聲聲啼喚／雨後濡暑，路燈照破夜色，月色已破白／我用筆速速手寫詩行，急急如律令——／力透紙背入木三分，手臂浮起青筋／如那移工手握電鑽噠噠的鑽探牆壁[20]

在這首詩中，困居都城的詹澈，有著來自各地的鄰居：東南亞的越南、印尼、泰國、菲律賓，或者中國的福建、廣東、河北、山西；他們有著不同的職分：勞工、褓母、看護、二奶、有婚姻沒配偶的，無不具足。當然，他們有著相近的身體髮膚，有著相同的鄉愁，有著相似的情義的痛。詹澈不失農村子弟的身分，以自己的家鄉記憶，諸如「頂樓鐵皮屋頂踢踏而過的雨聲沉重如抽水機在田邊噠噠噠噠」——彰化、雲林地區農民以電動馬達抽取地下水灌溉，「家鄉一大片相思樹林，黃花如波濤，蟬鳴吱雜，夜裡啄木鳥與貓頭鷹輪班咕叫」——彰化、臺東，六月的白天相思樹開滿小黃花，蟬噪不歇，夜裡啄木鳥

20 詹澈：〈雨後濡暑的鄰居〉，《新地文學》第11期，2010年3月。

與貓頭鷹咕咕之聲忽起忽落，彼此唱和。詹澈藉自己所熟悉的農村經驗，借代所有人種的愁與痛，令人感同身受，彷彿真的處身在鐵皮屋內雨後濡暑的悶熱中，彷彿正遭受雨打鐵皮的煩躁情緒所折磨。

此詩首尾的呼應，也有愛的相兼效果。詩的起句是「一堆蝸牛相濡著泡沫／蚯蚓也一條條出來散步」，以大自然兩種小動物蝸牛與蚯蚓雨後的漫步，對應卑微的邊緣人物的辛酸、相濡以沫的疼惜，這是人與其他物種的呼應。詩的結尾，以自己寫詩力透紙背、入木三分，手臂浮起青筋，去呼應新移民工人手握電鑽鑽探牆壁，一樣青筋暴起，一樣費力苦辛，既調侃自己寫詩無用，也歌頌工人勞動的榮耀，這是此一族群與其他族群的通貫與呼應。

「農赴時，商趣利，工追術，仕逐勢，勢使然也。然農有水旱，商有得失，工有成敗，仕有遇否，命使然也。」惟有包容性強的土質詩人，惟有信奉兼愛、大愛的無私詩人，才能看見真正生民的苦，他者的悲痛。如果熟悉詹澈這一生的行跡，「現代墨翟」之稱甚為妥切。他曾是臺灣二〇〇二年十一月二十三日「與農共生」十二萬農漁民大遊行總指揮，二〇〇六年百萬人民反貪腐「紅衫軍運動」副總指揮，這樣的詩人，二〇〇八至二〇一二這四年來持續創作，為我們寫出他的第九本詩集《下棋與下田》，值得我們細細閱讀。

參考文獻

一　詹澈詩集

詹　澈　《下棋與下田》　臺北市　人間出版社　2012

二　中文書目

〔秦〕呂不韋編　〔漢〕高誘注　《呂氏春秋》卷十七　〈審分覽．不二篇〉　《文津閣四庫全書》第805冊　北京市　商務印書館　2006

〔漢〕孔安國傳　〔唐〕孔穎達等正義　《十三經注疏．尚書正義》　臺北市　新文豐出版公司　2001

林裕祥　《河洛易道陰陽五行——學術思想之探究》　臺北市　翔大圖書有限公司　2006

孫廣德　〈第三章：墨子政治思想之基本精神〉　《墨子政治思想之研究》　臺北市　臺灣中華書局　1974

陳問梅　〈墨子人格闡微〉　《墨學之省察》　臺北市　臺灣學生書局　1988

馮成榮　《墨子思想體系研究》　臺北市　文史哲出版社　1979

墨　翟　《墨子》卷十四　〈備梯〉第五十六　《百子全書》　杭州市　浙江人民出版社　2013　掃葉山房版

鄺芷人　《陰陽五行及其體系》　臺北市　文津出版社　1992

第十章
結論：
意象是現象，物質才是本質

所有藝術的創作無不以「意象」為其最基本的模式，最初始的根基。繪畫講究意象，音樂講究意象，戲劇、電影講究意象，文學當然也講究意象。線條、色彩、音符、動作，構成意象，語言、文字，也能構成意象。

古典詩講求意象，當代新詩當然也講求意象。古今中外，意象的研究或許可以成就一門「意象學」。研究古典詩撰成《中國詩學》的黃永武（1936-）認為：「『意象』是作者的意識與外界的物象相交會，經過觀察、審思與美的釀造成為有意境的景象。然後透過文字，利用視覺意象或其他感官意象的傳達，將完美的意境與物象清晰地重現出來，讓讀者如同親見親受一般，這種寫作的技巧，稱之為意象的浮現。」[1]研究新詩的英文系學者簡政珍（1950-）則有這樣的主張：「詩是詩人意識對於客體世界的投射。意象是詩人透過語言對客體的詮釋，是詩人的思維。」[2]透過這兩位學者的解說，可以將意象定位為詩人的形象思維，或詩人思維的形象化。

但對於意象的分類，分歧而繁多，如散文理論家鄭明娳（1950-）把意象大類分為二類，其一是感官式意象，包括：視覺意象、聽覺意象、觸覺意象、嗅覺意象、味覺意象。其二為心理式意象：概念式意

1　黃永武：《中國詩學：設計篇》，臺北縣：巨流圖書公司，1976，頁3。

2　簡政珍：〈意象思維〉，《詩心與詩學》，臺北市：書林出版公司，1999，頁100。

象與情緒式意象。[3]新詩的大學授課者潘麗珠（1959-）與鄭明娳相同，認為「詩人意識欲對客體世界有所投射，必先與外界物象相交、作用，則是運用視覺、聽覺、嗅覺、觸覺等各種感官去領受。」所以也有感官意象的分類，但沒有提出鄭明娳所說的「心理意象」，卻以動靜析出動與靜兩種分隔：「靜態意象」與「動態意象」。[4]大陸學者陳植鍔（1949-1994）則認為「意象」是詩歌藝術的基本單位，表現在詩歌中就是「一個個語詞」。[5]以語詞為意象。陳慶輝則含糊其辭，說「一首詩就是一個完整的意象體系」，[6]以一首詩為一意象；一首詩是一個意象體系的概念，所以就沒有分類的想法。王長俊（1936-）則簡分為「單一意象」與「複合意象」（或稱「群體意象」、「綜合意象」），「複合意象」是「單一意象」的綜合體、集合群。[7]由此以觀，臺灣學者以內涵分類意象，大陸學者以數量算計意象，倒也有趣。

如何創作意象，黃永武從古典詩的觀察、研究，得出以下的途徑，或許也可以成為新詩人的明路：

一、將抽象的理論觀念，改作具體的圖畫的視覺意象；

二、將靜態敘述的形象，改作動態演示的動作意象；

三、加強各種感官意象的輔助，使意象鮮明逼真；

四、故意將接納感官交綜運用，造成印象與感官間的錯綜移屬，使意象更活潑生新；

五、將兩個以上時空不同的獨立意象，用綰合疊映、轉位等手法，連鎖起來，誕生新的風韻；

3 鄭明娳：《現代散文構成論》，臺北市：大安出版社，1994，頁73。

4 潘麗珠：《現代詩學》，臺北市：五南圖書出版公司，1998，頁61。

5 陳植鍔：《詩歌意象論》，秦皇島：中國社會科學院出版社，1990，頁39。

6 陳慶輝：《中國詩學》，臺北市：文史哲出版社，1994，頁68。

7 王長俊編：《詩歌意象學》，合肥市：安徽文藝出版社，2000，頁181-183。

六、集中心力去凝視細小的景物，予以極大的特寫，使景物因純淨孤立而變成突出的意象；

七、把握物象的特徵，窮形盡相地誇大其特徵，可以使意象躍現出來；

八、用各種陪襯的手法，烘托出懸殊的比例，使意象交相映發，倍加明顯。[8]

詩之所以靈妙、可愛，或許就在於這種心與物的交互感通。人有千億，心有多竅，物有萬象，詩如何能不靈妙？再加上時間的瞬息萬變，感通方式的千方百計，賞詩，自然悅目也悅心。

不過，從現象學（phenomenology）的研究來看，如何能「回到事物本身」，如何能超越時空、個人、個別的事物，去發現普遍的客觀存在、甚至於是絕對的客觀存在，那會是一件更為積極有趣的事。譬如從《爾雅》、《釋名》、《說文》三書，我們可以分辨得出「水」的許多名相：

水邊土人所止曰噬水／取曰汭水／出山石間曰潾／石絕水曰梁／築土遏水曰塘（一曰隄，又曰防）／大防曰墳／廣澤曰衍／澤曲曰皐／障曰坡／水本曰源／深水曰潭／急水曰流／沙石上曰瀨（亦曰湍灘，曰磧）／水別流曰泒／風吹水湧曰波（亦曰浪）／小波曰淪／平波曰瀾／直波曰徑／水朝夕而至曰潮／風行水成文曰漣／水波如錦文曰漪／水行曰涉／逆流而上曰泝洄／順流而下曰泝游（亦曰沿流）／絕流而渡曰亂／以衣涉水曰厲／繇膝以下曰揭／繇膝以上曰涉／渡水處曰津（亦曰濟）／潛行水下曰泳（見《淵鑑類函》卷三十・地部八）。

如果我們「回到事物本身」、「回到事物本質」，去觀察，去思

8　黃永武：《中國詩學：設計篇》，頁4-42。

考，其實就是對「水」的思考、對「水」與「土」的思考。

《物質新詩學》所努力的就是通過萬象、超越現象的努力，在現象與本質（或者說本體）之間來回探尋，進一大步做本質式的思考。

《物質新詩學》是以物質為基礎的詩學研究，原先設定以金木水火土的五大元素作為觀察對象，舉中生代詩人為例，結果焦點集中在水與火兩大元素，小論木與土，缺少「金」的討論，也缺少西方或佛教所論述的「地水火風」中的「風」、東方哲學「金木水火土」所共有的「氣」：金氣、木氣、水氣、火氣、土氣，或許未來可以獨立出來，專書研究《風氣新詩學》也未可知。但就物質、元素的詩學探討而言，本書已盡了啟其端緒的功能，本書所未盡者，就如詩人寫作的無盡期試探一樣，後今之創作者將會繼續開採，繼續發現或發明。

參考文獻

中文書目（依作者姓氏筆畫序）

王長俊編　《詩歌意象學》　合肥市　安徽文藝出版社　2000
陳植鍔　《詩歌意象論》　秦皇島　中國社會科學院出版社　1990
陳慶輝　《中國詩學》　臺北市　文史哲出版社　1994
黃永武　《中國詩學：設計篇》　臺北縣　巨流圖書公司　1976
潘麗珠　《現代詩學》　臺北市　五南圖書出版公司　1998
鄭明娳　《現代散文構成論》　臺北市　大安出版社　1994
簡政珍　《詩心與詩學》　臺北市　書林出版公司　1999

附錄

蕭蕭編選書目（一九七九年五月至二○一七年二月）

1.現代名詩品賞集

臺北市　聯亞出版社　1979年5月　ISBN 無

2.現代詩導讀——導讀篇 1

張漢良、蕭蕭　臺北市　故鄉出版社　1979年11月　ISBN 無

3.現代詩導讀——導讀篇 2

張漢良、蕭蕭　臺北市　故鄉出版社　1979年11月　ISBN 無

4.現代詩導讀——導讀篇 3

張漢良、蕭蕭　臺北市　故鄉出版社　1979年11月　ISBN 無

5.現代詩導讀——理論篇

張漢良、蕭蕭　臺北市　故鄉出版社　1979年11月　ISBN 無

6.現代詩導讀——批評篇

張漢良、蕭蕭　臺北市　故鄉出版社　1979年11月　ISBN 無

7.中學白話詩選

楊子澗、蕭蕭　臺北市　故鄉出版社　1980年4月　ISBN 無

8.中國當代新詩大展

陳寧貴、向陽、蕭蕭　臺北市　德華出版社　1981年3月　ISBN 無

9.七十年散文選

臺北市　九歌出版社　1982年2月　ISBN 無

10.奔騰年代——今生之旅之三

臺北市　故鄉出版社　1983年9月　ISBN 無

11.歸根時候——今生之旅之四

臺北市　故鄉出版社　1983年10月　ISBN 無

12.七十二年詩選

臺北市　爾雅出版社　1984年3月　ISBN 無

13.感人的詩

臺北市　希代　1984年12月　ISBN 無

14.七十三年散文選

臺北市　九歌出版社　1985年3月　ISBN 9575603451

15.鼓浪的竹筏

臺中市　晨星出版社　1987年4月　ISBN 9789575830014

16.七十六年散文選

臺北市　九歌出版社　1988年2月　ISBN 9575601807

17.詩魔的蛻變——洛夫詩作評論集

臺北市　詩之華出版社　1990年2月　ISBN 9579348006

18.七十八年詩選

臺北市　爾雅出版社　1990年4月　ISBN 9579159718

19.七十九年散文選

臺北市　九歌出版社　1991年2月　ISBN 9575601351

20.八十二年散文選

臺北市　九歌出版社　1994年1月　ISBN 9575602986

21.半流質的太陽

張漢良、蕭蕭　臺北市　幼獅文化公司　1994年3月　ISBN 9575305000

22.詩儒的創造——瘂弦詩作評論集

臺北市　文史哲出版社　1994年6月　ISBN 9575478851

23.預約一個亮麗的生命

臺北市　幼獅文化公司　1994年9月　ISBN 9575305744

24.詩癡的刻痕——張默詩作評論集

臺北市　文史哲出版社　1994年10月　ISBN 957547886X

25.永遠的青鳥——蓉子詩作評論集

臺北市　文史哲出版社　1995年3月　ISBN 9575479408

26.新詩三百首（上）

張默、蕭蕭　臺北市　九歌出版社　1995年9月　ISBN 9575603869

27.新詩三百首（下）

張默、蕭蕭　臺北市　九歌出版社　1995年9月　ISBN 9575603877

28.《八十五年詩選》

余光中、蕭蕭　臺北市　現代詩社　1997年3月　ISBN 957999417X

29.八十五年散文選

臺北市　九歌出版社　1997年4月　ISBN 9575604784

30.黃衫客——景美女中文學選集

臺中市　文學街出版社　1998年5年　ISBN 9579297088

31.中學生現代散文手冊

臺南市　翰林出版事業公司　1999年3月　ISBN 9577903142

32.千針萬線紅書包

臺北市　幼獅文化公司　1999年9月　ISBN 9575740718

33.中學生現代詩手冊

臺南市　翰林出版事業公司　1999年9月　ISBN 9577903150

34.八十九年詩選

臺北市　臺灣詩學　爾雅出版社　2001年4年　ISBN 9573046202

35.新詩讀本

白靈、蕭蕭　臺北市　二魚文化事業有限公司　2002年8月　ISBN 9868044197

36.飛翔的姿勢：成長散文集

臺北市　幼獅文化公司　2003年4月　ISBN 957574442X

37.壓力變甜點：幽默散文集

臺北市　幼獅文化公司　2004年2月　ISBN 9575744934

38.與自然談天：生態文集

臺北市　幼獅文化公司　2004年3月　ISBN 9575745299

39.開拓文學沃土

臺北市　聯合文學　2005年3月　ISBN 957522521X

40.臺灣現代文選散文卷

臺北市　三民書局　2005年5月　ISBN 9571443115

41.攀登生命巔峰

臺北市　聯合文學　2005年6月　ISBN 9575225228

42.我們就在光之中

臺北市　文史哲出版社　2005年10月　ISBN 9575496426

43.生命的學徒：生命散文集

臺北市　幼獅文化公司　2006年2月　ISBN 9575746090

44.揮動想像翅膀

臺北市　聯合文學　2006年6月　ISBN 9575226178

45.2005臺灣詩選

臺北市　二魚文化事業有限公司　2006年7月　ISBN9867237331

46.優游意象世界

臺北市　聯合文學　2006年10月　ISBN 9575226186

47.九十五年散文選

臺北市　九歌出版社　2007年3月　ISBN 9574443918

48.活著就是愛：勵志散文集

臺北市　幼獅文化公司　2007年10月　ISBN9789575746841

49.儒家美學的躬行者

白靈、蕭蕭　臺北市　萬卷樓圖書公司　2007年12月　ISBN 9789577396181

50.錦連的時代

李佳蓮、蕭蕭　臺中市　晨星出版社　2008年12月　ISBN 9789861772394

51.溫情的擁抱：親情散文集

臺北市　幼獅文化公司　2009年3月　ISBN 9789575747275

52.林亨泰的天地

臺中市　晨星出版社　2009年10月　ISBN 97898617730010

53.現代詩壇的孫行者

方明、蕭蕭　臺北市　萬卷樓圖書公司　2009年12月　ISBN 9789577396662

54.翁鬧的世界

陳憲仁、蕭蕭　臺中市　晨星出版社　2009年12月　ISBN 9789861773261

55.溫馨的愛

王若嫻、蕭蕭　臺北市　幼獅文化公司　2010年4月　ISBN 9789575747725

56.雪中取火且鑄火為雪——周夢蝶新詩論評集
羅文玲、黎活仁、蕭蕭　臺北市　萬卷樓圖書公司　2010年12月
ISBN 9789577396976

57.臺灣現代文選
向陽、林黛嫚、蕭蕭　臺北市　三民書局　2011年4月　ISBN
9789571443607

58.生命意象的霍霍湧動——張默新詩評論集
羅文玲、蕭蕭　臺北市　萬卷樓圖書公司　2011年5月　ISBN
9789577397089

59.都市心靈工程師：隱地的文學心田
羅文玲、蕭蕭　臺北市　爾雅出版社　2011年6月　ISBN
9789576395246

60.悅讀隱地．創造自己
羅文玲、蕭蕭　臺北市　爾雅出版社　2011年10月　ISBN
9789576395291

61.Taiwan 城市流轉
臺北市　幼獅文化公司　2011年11月　ISBN 9789575748470

62.悅讀王鼎鈞．通澈文心
白靈、蕭蕭　臺北市　爾雅出版社　2012年4月　ISBN
9789576395406

63.閱讀琦君．筆燦麒麟
羅文玲、蕭蕭　臺北市　爾雅出版社　2012年12月　ISBN
9789576395505

64.臺灣生態詩
白靈、蕭蕭　臺北市　爾雅出版社　2012年12月　ISBN
9789576395512

65.天下詩選全集

瘂弦、張默、蕭蕭　臺北市　天下文化出版公司　2013年5月

ISBN 4711225319537

66.錯誤的驚喜：鄭愁予詩學論集 1

白靈、羅文玲、蕭蕭　臺北市　萬卷樓圖書公司　2013年5月

ISBN 9789577398048

67.無常的覺知：鄭愁予詩學論集 2

白靈、羅文玲、蕭蕭　臺北市　萬卷樓圖書公司　2013年5月

ISBN 9789577398055

68.愁予的傳奇：鄭愁予詩學論集 3

白靈、羅文玲、蕭蕭　臺北市　萬卷樓圖書公司　2013年6月

ISBN 9789577398062

69.衣缽的傳遞：鄭愁予詩學論集 4

白靈、羅文玲、蕭蕭　臺北市　萬卷樓圖書公司　2013年12月

ISBN 9789577398352

70.草原的迴聲：席慕蓉詩學論集

羅文玲、陳靜容、蕭蕭　臺北市　萬卷樓圖書公司　2015年9月

ISBN 9789577399700

71.踏破荊棘，締造桂冠：王白淵文學研究論集

謝瑞隆、羅文玲、蕭蕭　臺北市　萬卷樓圖書公司　2016年6月

ISBN 9789864780051

72.江河的奔向：席慕蓉詩學論集 II

羅文玲、陳靜容、蕭蕭　臺北市　萬卷樓圖書公司　2016年7月

ISBN 9789864780013

73.島與半島的新詩浪潮

謝瑞隆、蕭蕭　臺北市　萬卷樓圖書公司　2016年9月　ISBN 9789864780310

74.新詩三百首百年新編（五四時期·域外篇）
張默、蕭蕭　臺北市　九歌出版社　2017年2月　ISBN 9789864501083
75.新詩三百首百年新編（臺灣篇 I）
張默、蕭蕭　臺北市　九歌出版社　2017年2月　ISBN 9789864501069
76.新詩三百首百年新編（臺灣篇 II）
張默、蕭蕭　臺北市　九歌出版社　2017年2月　ISBN 9789864501076

文學研究叢書·現代詩學叢刊 0807014

物質新詩學——新詩學三重奏之二

作　　者 蕭　蕭
責任編輯 邱詩倫
特約校稿 林秋芬

發 行 人 陳滿銘
總 經 理 梁錦興
總 編 輯 陳滿銘
副總編輯 張晏瑞
編 輯 所 萬卷樓圖書股份有限公司
排　　版 林曉敏
印　　刷 維中科技有限公司
封面設計 斐類設計工作室

發　　行 萬卷樓圖書股份有限公司
臺北市羅斯福路二段 41 號 6 樓之 3
電話 (02)23216565
傳真 (02)23218698
電郵 SERVICE@WANJUAN.COM.TW
香港經銷 香港聯合書刊物流有限公司
電話 (852)21502100
傳真 (852)23560735

ISBN 978-986-478-091-4
2019 年 8 月初版二刷
2017 年 6 月初版一刷
定價：新臺幣 340 元

如何購買本書：
1. 劃撥購書，請透過以下郵政劃撥帳號：
帳號：15624015
戶名：萬卷樓圖書股份有限公司
2. 轉帳購書，請透過以下帳戶
合作金庫銀行 古亭分行
戶名：萬卷樓圖書股份有限公司
帳號：0877717092596
3. 網路購書，請透過萬卷樓網站
網址 WWW.WANJUAN.COM.TW
大量購書，請直接聯繫我們，將有專人為您服務。客服：(02)23216565 分機 610
如有缺頁、破損或裝訂錯誤，請寄回更換

國家圖書館出版品預行編目資料

物質新詩學——新詩學三重奏之二 / 蕭蕭著.
-- 初版. -- 臺北市 : 萬卷樓, 2017.06
面； 公分
ISBN 978-986-478-091-4(平裝)
1.新詩 2.詩評
820.9108 106008716